TREZE MULHERES CONTEMPORÂNEAS
TREZE POEMAS CADA

REALIZAÇÃO:

POR QUESTÕES CONCEITUAIS INSPIRADAS PELA OBRA DO ALFABETIZADOR PAULO FREIRE E DISCUTIDAS AO LONGO DA OBRA "INFERNO & DANAÇÃO" (GEORGOIS LIVROS, 2022), A GRAFIA NÃO SEGUE NECESSARIAMENTE O ACORDO ORTOGRÁFICO DA LÍNGUA PORTUGUESA DE 1990, QUE ENTROU EM VIGOR NO BRASIL EM 2009.

DIRETORIA EDITORIAL E PREPARAÇÃO DE TEXTOS: AARON SALLES TORRES

PRODUÇÃO EXECUTIVA: NILDA PEREIRA

REVISÃO: SANDRA GARCIA CORTÉS E BEAU DE MELLO

CONTROLADORIA: LÚCIO AGUIAR E ANDRÉ RAIOL

ASSESSORIA JURÍDICA: CARDOZO, OLIVEIRA & SCHIMMELPFENG

CAPA, PROJETO GRÁFICO E DIAGRAMAÇÃO: ARQUÉTIPO DESIGN

IMPRESSÃO E ACABAMENTO: GRÁFICA VIENA

DADOS INTERNACIONAIS DE CATALOGAÇÃO NA PUBLICAÇÃO (CIP)

TREZE MULHERES CONTEMPORÂNEAS, TREZE POEMAS CADA: VOZES QUE RASGAM A PELE / ORGANIZAÇÃO DE MÁRCIA MURA -- TRÊS LAGOAS: GEORGOIS ARTES, 2024.

AUTORAS: ADÉLIA PRADO, DALVA AGNE LYNCH, ÉRICA ZÍNGANO, FLORA THOMÉ, GLEYCIELLI NONATO GUATÓ, KIMANI, LAMA, LAYLA DE GUADALUPE, PAULA MÁIRAN, RENATA MACHADO TUPINAMBÁ, SARA KALI, TÂNIA RÊGO, VAL SOUZA

ISBN 978-65-998761-7-2

1. POESIA 2. ANTOLOGIA 3. LITERATURA BRASILEIRA I. MURA, MÁRCIA (ORG.). II. TÍTULO.

T818 CDD 869.91

ÍNDICES PARA CATÁLOGO SISTEMÁTICO:

1. POESIA : LITERATURA BRASILEIRA : ANTOLOGIA

JANAINA RAMOS - BIBLIOTECÁRIA - CRB-8/9166

GEORGOIS LIVROS
AVENIDA CAPITÃO OLYNTHO MANCINI, 830
TRÊS LAGOAS, MATO GROSSO DO SUL
CEP: 79602-070
E-MAIL: GEORGOISLIVROS@GMAIL.COM
INSTAGRAM.COM/GEORGOISFILMESELIVROS

IMPRESSO NO BRASIL
PRINTED IN BRAZIL
2025

MÁRCIA MURA (ORG.)

TREZE POEMAS CADA

MULHERES CONTEMPORÂNEAS

VOZES QUE RASGAM A PELE

GEORGOIS Livros

Sumário

Apresentação

Em *Treze Mulheres Contemporâneas, Treze Poemas Cada*, sob organização da educadora e pesquisadora Márcia Mura, somos convidados a experimentar a vida a partir de diversos pontos de vistas que reconstroem territórios, corpos, geografias e histórias. Em favor da memória, múltiplas vozes ecoam sentimentos sobre vida, morte, prazeres e dores, questionando o progresso de um mundo em decadência, eurocentrado, e nos convocando a ir além da unicidade.

Há pluralidade, trilhas imprevistas, gritos mudos, saudades, desejos e denúncias. São mulheres indígenas, negras, filhas do mato, dos quatro elementos; algumas mais velhas, outras mais novas — todas propondo um novo mundo por meio da poética do cotidiano.

Todas elas, ao erguerem palavras e imagens, traduzem e navegam em um rio que deságua em vozes insubordinadas, inaugurando ritos, ritmos, silêncios e revelando um país livre das amarras da opressão. Guiadas pelo poder da palavra, elas nos mostram que reivindicar o direito a ser é uma atitude que emancipa, liberta e constrói um futuro em que cabem a ancestralidade, o respeito e a dignidade entre todas as pessoas.

MACAÉ EVARISTO

PROFESSORA, ASSISTENTE SOCIAL E
MINISTRA DE ESTADO DOS DIREITOS HUMANOS E DA CIDADANIA
REPÚBLICA FEDERATIVA D O BRASIL

Apresentação

Adélia Prado nos ensinou que a poesia é uma das coisas mais antigas e verdadeiras da vida, e que a fé e a poesia — às vezes — se confundem.

Treze Mulheres Contemporâneas, Treze Poemas Cada é uma celebração moderna desse legado.

Através de seus versos, ela e outras doze poetas brasileiras — de diferentes gerações e estilos — ressoam em suas obras as suas vidas, os seus amores e as suas lutas.

Este livro é um convite a se perder na diversidade de vozes femininas que, de maneira surpreendente, encontram ecos e reflexões na poesia umas das outras.

Jamal Suleiman
Médico, ativista pró-Palestina, escutador do som das pedras e águas, amante das rimas que traduzem as almas humanas.

Existências

Para mim foi um grande desafio organizar esta antologia, que foi mais que dar uma sequência. Os sentidos, a força existencial dos poemas escritos por estas mulheres transbordam palavras que rasgam nosso peito. Eu fui devagar, adentrando nos mundos trazidos por cada poeta, sentindo-os, sendo atravessada por cada um deles. Senti cada dor, cada revolta, cada inquietação e libertação dos espíritos femininos transgressores que não cabem nas molduras do que a sociedade nacional e cristã determinou para o ser mulher.

Procurei não criar uma sequência de continuidade, começo, meio e fim.

Seguindo o fluxo dos poemas. Contudo, acabei por cumprir meu papel de organizadora, pois tive que propor um caminho de leitura – que pode ser seguido ou não, haja vista que todos os poemas transbordam existências intensas e qualquer ponto pode ser escolhido como começo de leitura. Dessa maneira, o caminho que propus foi construído enquanto leitora que se envolveu, releu, respirou fundo, se reconheceu, entendeu o contexto de cada poeta, seu lugar, seu mundo, sua fala e suas pulsações, para além de toda determinação, e por fim exclamou: "Que mulheres incríveis!". Fiquei feliz por Aaron, que me convidou para organizar essa coletânea, ter encontrado essas mulheres e as ter interligado por meio de suas poesias que estremecem as estruturas patriarcais, coloniais, eurocêntricas e de toda a sociedade preconceituosa. Essas poesias são libertadoras. Elas trazem a [Re]existência do corpo, espírito território do ser feminino de diferentes mundos.

De cada um dos mundos, palavras imagens ficam gravadas na memória, como a da avó com o corpo de pena azul, que com toda sua força milenar nos remete imediatamente a nossas antepassadas. Mas a poeta do povo indígena Guató, que traz essa imagem, traz também no título do poema "Índia do rio": pois foi assim que nos violentaram e violaram nossos corpos, espíritos, territórios. Apesar de toda a violência, recuperamos a beleza sagrada de nossas antepassadas. Dessa forma, tampouco as inquietações com a inteligência artificial (que não tem sentimento) substituem o humano. E seringal: há quem não saiba que mundo é esse, espaço construído em cima de territórios indígenas, mulheres indígenas sequestradas — silenciosas —, que se tornam as parteiras e curandeiras, modos de ser indígenas ligados às florestas e às águas e a várias outras culturas dos estrangeiros, como a mazurca e a valsa que as damas das festas dos seringais dançavam. No entanto, lá na festa da ramada a dança era indígena e afro: é esse mundo que a poeta seringueira vai referenciar. O mundo *trans* nos corta o peito, jorra existências... e, como diz Kimami, "no fim tudo é começo e o outro é nós".

Juntos, esses poemas são mundos/vozes que correm nos rios de memórias que passam por nossos territórios. A diferença é que, enquanto imagens poéticas, não estão contaminados nem morrendo. Esses rios poemas são desejos de outros mundos que não poluem, que não discriminam, que não cometem feminicídio, que não matam as crianças indígenas e negras de fome, que não criam lei que obriga criança estuprada a ser mãe. Esses rios poemas libertam dessa sociedade cruel que invade e mata indígenas todos os dias, que comete racismo, xenofobia, transfobia, etnocídio, genocídio, epistemicídio, que prega falsos moralismos. Essas poetas são grandes em suas existências, brincam com as palavras, não têm medo, não têm pregas na língua, não são comportadas, falam palavrão, trazem estilos, quebram estruturas da linguagem e da sociedade.

Mesmo havendo tempos e culturas diferentes entre as poetas, todas as poesias estão ligadas pelo fio de memórias de suas antepassadas e apontam para a libertação da colonização que nos atravessa, das amarras sociais, das violências e de toda forma de aprisionamento. As vozes vêm desde o tempo das antepassadas, chegam nas que estão aqui e agora e sopram para as que estão por vir, como grito de libertação e justiça que queremos alcançar por todas e *todes* para vencermos as amarras. Dito isso, só me resta desejar que cada pessoa que tiver a sorte de se deparar com esta antologia possa adentar e sentir a força poética dessas *kunhãs*/ mulheres poderosas que trazem suas existências e vozes que rasgam a pele e traspassam os corpos/ espíritos.

Nemeguere. Muito obrigada!

MÁRCIA MURA/ TANÃ MAK
ORGANIZADORA

Nota do Editor

Fui perguntado por que eu, homem, tive a ideia de propor este livro. Respondi que simplesmente tive a ideia e o propus. Ouvi que não deveria ter sido eu, homem, a ter esta ideia. Mas respondi: "fui eu quem teve a ideia". Então, ouvi que não deveria ter sido eu, homem, a propor este livro. Mas respondi: "fui eu quem o propôs". E ele nasceu. Não sei, só sei que foi assim!

> Em sua crônica "Mulheres" (2001), Flora Thomé discorre sobre a representação das mulheres feita pelo homem, que "cria e manipula os valores da sociedade e civilização, determinado por sua cultura e pensamentos tão machistas". Como a maioria dos poetas, escritores, compositores e músicos são homens, a escritora destaca que eles "inspiram-se, escrevem e portam-se na condição de sujeito – o dono e senhor da ação – falando sobre a mulher quase sempre na condição de objeto, mesmo que esse objeto seja de amor ou por amor". Tais representações das mulheres são apontadas pela autora como uma visão masculina de "posse, poder e manipulação".[1]

Não levo as palavras acima com leviandade, principalmente por essa crítica tão contundente – feita em "Mulheres" – ter partido

1 Galvão, Daura Del Vigna. Nas águas do tempo: memorialismo em Flora Thomé. 2013. 128 f. Dissertação (Mestrado em Letras) – Faculdade de Comunicação, Artes e Letras, Universidade Federal da Grande Dourados, Dourados-MS, 2013.

da mentora de minha mãe. Aprendi algumas coisas com minha mãe – que, como Flora Thomé, também é escritora. Simplesmente pensei na enorme relevância atual de um livro em que diferentes mulheres falassem de suas diferentes realidades contemporâneas, em um panorama brasileiro. Escolhi o número 13 porque esse número traz sorte: 13, de novo, para exponenciar a sorte. E tratei de buscar poetas que, juntas, representassem essa existência contemporânea das mulheres brasileiras. Existência essa que é tão heterogênea e, por vezes, contraditória.

Porque uma mulher bissexual da capital, nascida na década de 1990, tem uma vida diferente de uma mulher lésbica do interior, nascida na década de 1930. Contudo, suas vidas se sobrepuseram por algumas décadas na linha do tempo – tempo que, segundo a física, pode afinal não existir. Isso não significa dizer que a vida da mulher bissexual, nascida na capital na década de 1990, esteja sendo fácil. Mesmo assim, essa vida foi construída sobre tudo o que conquistou a geração da mulher lésbica, nascida no interior na década de 1930. Sem a mulher que veio antes, a vida da mulher que veio depois estaria sendo ainda mais difícil. O tempo pode não existir, mas a relação de causalidade continua firme e forte. E tanto as conquistas da mulher bissexual da década de 1990 quanto as conquistas da mulher lésbica da década de 1930 são importantes para a pessoa trans, travesti, nascida na virada do milênio.

O [Re]Modernismo lida bem com o contraditório. E todas as mulheres presentes neste livro representam nosso entendimento "moderno" de contemporâneo.[2]

Faz pouquíssimo, nosso país caiu de costas no abismo do faXismo[3]. Como se não bastasse, nada mais didático e alegórico dessa contemporaneidade do que uma pandemia simultânea, causada por um vírus transmitido de um animal para o ser humano. Essa transição do coronavírus, do morcego para o homem, nos remete ao quanto temos invadido florestas, devastado biomas e violentado a natureza. Um desrespeito sem fim em função de um estilo de vida que nosso planeta é incapaz de suportar. Seguimos insustentáveis, e o número de humanos que deseja comprar e jogar no lixo diariamente, que

---

2 Faço referências ao moderno, ao Modernismo e ao [Re]Modernismo como alternativas filosófico-artísticas ao nietzscheanismo artístico, comumente chamado de pós-modernismo.

3 Como chamo a versão corrente do fascismo, do nietzscheanismo que se reproduz pela lavagem cerebral levada a cabo pelas redes sociais e big techs.

deseja parecer em vez de ter, se multiplica aos bilhões. *Vide* a quantidade de filhos de Elon Musk e as projeções populacionais para Índia, Paquistão, Nigéria, República Democrática do Congo, Estados Unidos, Etiópia, Indonésia e Tanzânia. São todos países nos quais os direitos reprodutivos das mulheres correm riscos. Quem nos dera transassem prazerosamente na Tanzânia com acesso à pílula anticoncepcional. O planeta agradeceria, porém o judaico-cristianismo nos ensinou a pensar que o *homo sapiens* é a única espécie animal que importa na Terra... De sábio o homem não tem nada.

Pois, de volta ao Brasil — a parte que nos cabe desse latifúndio: a mulher nascida na década de 1930 nos ensinou a respeito dos males do nazifascismo. Poderíamos ter aprendido com a vivência dela da história de outros países e de nossos pracinhas enviados ao front, ter acreditado nos livros, ou ter nos atido a ver o mal nos documentários. Não precisávamos ter mergulhado de cabeça nele para ver por nós mesmos. Nossos olhos se tornaram tristes para sempre. Logo, durante esse período recente de nossa história, as mulheres — assim como todas as outras minorias, a natureza, a razão, os fatos, a verdade, a ciência, a liberdade, a igualdade, a democracia — sofreram abusos que eu, nascido na década de 1980, jamais poderia ter imaginado que presenciaria. Nem na mais cruel das ficções. Aquele regime autocrático acabou, ou momentaneamente cessou, entretanto, a extremadireita se multiplica com os consumistas. "Somente naquilo que ela não é, a realidade pode aparecer."[4]

A Democracia continua em risco. A razão continua em risco. A natureza continua em risco. As minorias continuam em risco. As mulheres continuam em risco. *The Handmaid's Tale*[5] não parece mais tão distópico assim. Foi por isso que tive a ideia de propor este livro. Porque talvez, como homem — em uma sociedade machista — tenha sido mais fácil realizá-lo. Mas, sobretudo, porque — como minoria — entendo que é necessário que as mulheres se lembrem constantemente de lutar por seus direitos. Esses direitos foram conquistados pelas gerações que vieram antes. Não foram presenteados, foram adquiridos com muita luta, suor, lágrimas e sangue. E precisam ser

4 Debord, Guy. *A Sociedade do Espetáculo*. Paris: Buchet-Chastel, 1967.

5 Romance distópico de Margaret Atwood (1939), publicado em 1985, e no Brasil, em 1987, com o título *O Conto da Aia*, é ambientado na fictícia República de Gilead (claramente inspirada no governo de extremadireita fundamentalista dos Estados Unidos da América), onde um regime teocrático totalitário submete mulheres à servidão reprodutiva.

mantidos. Sou minoria. As mulheres, no entanto, são maioria. Elas representam atualmente 51,5% da população brasileira. As mulheres, sozinhas, podem vencer a extremadireita em nosso país. Talvez eu tenha tido a ideia de propor este livro porque, no final das contas, sou egoísta. Está aí.

> Nunca se esqueça que basta uma crise política, econômica ou religiosa para que os direitos das mulheres sejam questionados. Esses direitos não são permanentes. Você terá que se manter vigilante durante toda a sua vida.
>
> SIMONE DE BEAUVOIR (*atribuído*)[6]

Não entro aqui na teoria da "literatura de mulher", "poesia de mulher", "escrita de mulher", "poética de mulheres", "poesia feminista", "nova poesia de mulheres", do "eterno feminino" ou dos "temas de mulher" porque tenho a sensação de estar lidando com algo muito mais urgente. Direitos básicos escorrem tão rapidamente pelas mãos... São ataques que as mulheres hoje em dia sofrem rotineiramente e que teriam sido impensáveis em 2018, ano de eleição do regime faXista brasileiro. Ataques como a emboscada que Marina Silva, Ministra do Meio Ambiente e Mudança do Clima, vivenciou no Senado Federal anteontem, diante das câmeras. Ouviu de um senador que "não merecia respeito". Depois, "foi interrompida diversas vezes, [teve seu microfone mutado] e, ao reagir às críticas, [outro senador] disse que a ministra deveria 'se pôr no seu lugar'". Seis meses antes, tinha ouvido: "Imagine o que é tolerar a Marina seis horas e dez minutos sem enforcá-la?".[7] O senso de urgência exige intervenções práticas.

Tampouco indago "sobre as técnicas e os recursos da linguagem que se quer poética". Em minha pesquisa para compor este livro, que durou mais de um ano, segui um rio que corre mais profundo. Além de diversas entre si, as poetas convidadas para aqui tratar

---

6 É possível que se trate de uma paráfrase ou de uma interpretação livre de ideias presentes em seus escritos, especialmente em *O Segundo Sexo (Le Deuxième Sexe)*, onde Beauvoir analisa a vulnerabilidade dos direitos das mulheres e a necessidade de vigilância constante para preservá-los.

7 O que motivou ataques a Marina Silva no Senado: 'Fui agredida fazendo meu trabalho'. *G1*, 28 maio 2025. Disponível em: https://g1.globo.com/politica/noticia/2025/05/28/o-que-motivou-ataques-a-marina-silva-no-senado-fui-agredida-fazendo-meu-trabalho.ghtml. Acesso em: 29 maio 2025.

de suas existências no panorama brasileiro lançam mão de ferramentas modernistas[8] e lidam com os movimentos identitários inseridos no contexto da luta de classes – cada uma a sua maneira. Pois assim se alcança o antídoto para o faXismo. Somente o que pedi foi que apresentassem "poemas que representam a realidade da mulher brasileira contemporânea".[9, 10] E aqui estão todas elas – cada uma de um canto do país, de realidades social, étnica, econômica, religiosa, sexual, cultural diferentes – com poemas que possuem muito em comum entre si, além da veia modernista. Tão em comum que tocam em alguns temas repetidamente – sejam jovens ou idosas, sejam do campo ou da cidade, sejam judias ou candomblecistas, sejam indígenas ou brancas, sejam ricas ou pobres, sejam lésbicas ou heterossexuais –, embora uma não soubesse da participação da outra. Além do mais, aqui estão todas elas lutando para garantir seus direitos e conquistar outros novos – ou nem tão novos assim.

O último passo foi trazer os poemas à organizadora Márcia Mura, ciente de que as partes criam um novo significado em justaposição umas às outras e no todo – como comprovaram Lev Kuleshov[11] e a análise do discurso. Não poderia ser eu a alinhavar essas peças nem a enfileirar estas poetas, ou estaria ditando um caminho de interpretação a se seguir. Aí, sim, incorreria nos problemas de representação das mulheres pelo homem apontados por Flora Thomé.

Aqui estão treze mulheres contemporâneas, com treze poemas cada. Que inspirem uma verdadeira explosão feminista, como tanto desejou Heloísa Teixeira.

AARON SALLES TORRES
EDITOR

8 Em contraste com as ferramentas nietzscheanistas.

9 Os únicos poemas que, como editor, escolhi foram os da poeta Flora Thomé, por ela já ser falecida.

10 Como as outras poetas, Adélia Prado também escolheu pessoalmente os seus poemas que fazem parte deste livro. Ela não prevaricou. A escolha que mais me fascinou foi a do poema sobre o casamento e as coisas prateadas que espocam. Adélia continua a enfrentar, com coragem, aquelas feministas que não compreendem ou aceitam a profundidade psicanaliticamente sincera do seu feminismo.

11 O Efeito Kuleshov, demonstrado pelo cineasta russo Lev Kuleshov (1899-1970), evidencia que a justaposição de imagens cria significado além do conteúdo isolado de cada uma.

GLEYCIELLI NONATO guató

Nasceu em Coxim, Mato Grosso do Sul, em 7 de março de 1987. Graduada em Artes pela Universidade Estácio de Sá, possui pós-graduação em Artes Cênicas e Cultura pela UniMinas e é acadêmica de Letras e Libras pela Universidade Federal do Mato Grosso do Sul (UFMS). De etnia Guató, é a primeira escritora indígena publicada de seu estado. É autora dos livros *Índia do Rio* (edição independente, 2013), *Vila Pequena: causos, contos e lorotas* (Life, 2017), *A Revolução de Catí Guató* (Plan Internacional, 2024) e *Corixo dos Bichos* (Ello, 2025). Recebeu o Prêmio Manoel de Barros, o Prêmio Mutu e o Prêmio Mestre Agripino, entre outros. Também participou do circuito "Arte da Palavra", da Rede SESC de Leituras. Radialista e professora de História da Arte, é também contadora de histórias indígenas e atriz. Atualmente apresenta os espetáculos *Guadakan dos Originários* e *Guadakan dos Encantados*, em circuito.

A Saga dos Guató

Primeiro, as cheias
Alagando terras brejeiras.
Embarcações de cambará com zinga de caneleira
Levavam famílias inteiras.

Depois veio a guerra:
família contra família.
Trocamos os gritos felizes de crianças nos alagados
Por gemidos de soldados.

Então, a batalha da carne:
sarampo, catapora, febre amarela.
Mataram nosso povo
Pouco a pouco.
Foi despejado em banguelas.

Logo após, vieram os abatedouros de jacarés.
Fomos presos e enjaulados
Como não se faz com animais.
Nossa cultura foi confundida
Com a falta que a cultura faz.

Por fim, vieram os fazendeiros.
Nos expulsaram de nossas terras,
soltaram gado em nossas roças.
Nos acuaram em uma ilha,
nos espalharam em periferias.

Os mais velhos adoeceram de desesperança.
Os mais novos se tornaram peões.
Trocaram a seiva do buriti
Pelo veneno da cana.

Colocaram cerca onde éramos livres.
Nos deram nome, religião e poucos abrigos.
Afogaram a nossa existência,
mas não nos deram os motivos do etnocídio.

E, das cinzas da fogueira que ainda quer insistir,
grita em silêncio o seu canto de paz:
— Nós somos tão fortes, mas tão fortes,
que nem a força nos fará desistir.

Assinado: A Nação Guató.

Índia do Rio

Minha avó, quando nasceu,
tinha seu corpo coberto por pena azul.
Depois, viu que já nem sequer estava mais nu.
Minha mãe desaprendeu a linguagem de meus ancestrais.
Minha avó morreu de desgosto.
Minha mãe morreu de fé.
Quando pari o meu filho nas águas do rio Jauru,
eu sabia o que podia me acontecer:
sempre tive braços para poder plantar,
mas nunca tive terra para poder colher.
Vi meu menino morrer três vezes:
primeiro de fome;
segundo de peste
e depois de saudade.
Pois de meu homem, que desceu esse rio dizendo que voltava,
eu nunca mais senti o seu cheiro.
Ele fugiu como o meu pai também fugiu.
E ainda querem nos tirar nossas terras,
e ainda querem nos tirar nossas crenças,
e ainda querem nos tirar nossos costumes.
"*Ah! Nophoyo nophy heraquejhá kareguajá;*
nophoyo nophy heraquejhá kareguajá;
nophoyo nophy heraquejhá kareguajá."[12]
Traga-me de volta o meu povo,
o meu filho que a fome matou
E meu ventre que esse rio levou.

---

12 Um pedido de ajuda ao plano espiritual. Não há tradução exata porque a língua dos Guató foi morta em meio ao quase extermínio que sofreram.

Estado Meu

Fui marcada com fogo e ferro
Como gado no pasto.

Fui guiada no escuro e na chuva
Como cachorro de rebanho.

Fui serrada ao meio
Como árvore de cultivo.

Fui empilhada e jogada ao canto
Como sacas de grão.

Fui explorada e arrebatada
Como as terras do sul.

Fui queimada em latifúndio
Como a cana (que já não é mais doce).

Mas ainda estou aqui:
sem medo do próximo passo,
ainda que com temor da próxima dose.

Alma Guaicuru

Onde está o brilho da espada?
Quem se esconde, ofuscado, no sangue de um Guaicuru?
Onde está o orgulho do homem negro,
que foi à guerra para voltar e se sentar onde quiser?
Quem gritou a última caravana?
Quem matou o guerreiro Guaicuru?
Quem amaldiçoou o restante dos brancos?
Que pariu o primeiro cafuzo?

Forma-se um mapa,
desbravado por entre trilhas improvisadas.
Essas águas barrentas não param por nada.
Ninguém me disse que por ali havia
Monstros sem nadadeiras,
selvagens criaturas que ainda procuro desesperadamente.

Eu já montei e já fui montaria.
Já gritei nessa mata, tom por tom.
Hoje, o meu sangue vermelho
Mistura-se no rebojo dessas águas marrons.

Não existe mais penacho azul?
Não existem mais corpos nus?
Mas as almas que penam nessas margens
Nunca deixarão de ser Guaicuru.

Conversa de Pescador

Estão dizendo por todos os cantos
Que neste rio só tem areia e barrancos.
Estão gritando para quem quiser ouvir
Que pacu já não nada mais por aqui.

Mas ninguém fala em baías fechadas,
pasto, desmatamento e veneno na terra.
Ninguém lembra de lixo na água,
gado, PCHs que inundam as serras.

Estão falando, meu amigo de pesca,
que chalana já não sobe mais por aqui.
Estão reclamando nas esquinas
Que o peixe desse rio já, já vai sumir.

Mas ninguém fala em baías fechadas,
pasto, desmatamento e veneno na terra.
Ninguém lembra de lixo na água,
gado, PCHs que inundam as serras.

Estou dizendo em prosa e calma:
mais respeito com esse rio, que é Senhor das Almas.
Estou cantando para te fazer lembrar,
que, se algo não for feito, nem armau irá pescar.

Pois ninguém fala em baías fechadas,
pasto, desmatamento e veneno na terra.
Ninguém lembra de lixo na água,
gado, PCHs que inundam as serras.
Taquari... Taquari... Taquari.

Bicho e Gente

Fui homem e com força fui lutar.
E, como um homem, descansei ao acabar.
Fui guerreira e aprendi as artimanhas do meu cavalo.
Fui tropeira pantaneira e fiel ao meu cerrado.
Fui pescador solitário,
sonhador acordado.
Vingativo, apaixonado...
Me embriaguei com vinho,
fiz meu caminho sozinho.
Achei amigos, inimigos.
Caí, me levantei.
Sofri, me apaixonei.
Tomei caipirinha ouvindo "Avôhai".
Fui o orgulho e o pior pesadelo do meu pai.
Fui fera pintada sedutora, amada, inocente.
Fui bicho e fui gente.
Dancei a polca paraguaia.
Sobrevivi à malária.
Matei um, mas pari dois.
Nunca deixei nada para depois.
Pois, desta terra, de tudo um pouco eu fiz.
Não me arrependo de nada que quis.
E se morrer hoje?!
Podem ter certeza de que morreria hoje
Mulher Pantaneira, Guató e feliz.

Olhos Tristes

A poeira embriagando o ar –
é tempo de seca.
Seus olhos querendo chorar –
é dia de reza.
As rugas marcam o seu olhar:
são tão negros, quase azuis.
O seu rosto marcado pelo tempo.
Não sei se a saudade a leva
Ou se é levada pelo vento.
Suas mãos, já tão cansadas:
dedos marcados, feridas abertas.
Uma vida de espera.
Sentada no banco, em uma praça de rua,
lembrando-se das terras que nunca foram suas.
Cabelos brancos, bem amarrados –
já foram negros, quando menina do mato.
Ah, esses seus olhos vagos
Enxergam a tribo lá do outro lado.
Hoje estão enterrados em memórias do passado.
“Perdi o grito do guerreiro,
perdi a pintura de meu corpo inteiro.
Minha herança morre comigo...
Não tenho herdeiros.”

Luto

Mataram o que resta de mim.
Gritaram meu ruivo no mato.
Sou xucra e bugre de pé.

Sou parda de cor *marron.*
Meus olhos têm a cor dos dos felinos.
Desvio das margens de um único tom.

Não canto.
Não danço.
Não minto.

Apenas balanço na direção do vento,
com as poucas preces que lembro
E os vários arrepios que ainda sinto.

Semente Tupã

Meus olhos são nascentes.
Cachoeiras correm em minhas veias.
Sou a lágrima que cai, na chuva e no vento.
Sou a água doce do riacho sereno.
Sou a terra que encharca com a cheia dos rios.
Sou a fonte que brota do fundo da terra.
O meu corpo é barro de lagoa.
Meu coração é pedra com limo.
Minha esperança faz curva na tempestade,
que renova no fim do dia como arco-íris.

A Raiz que Brota em Mim

No meu corpo, o rio faz curva.
Nascem senhoras raízes que fincam em meu peito.
Serras verdes acendem minha face.
Minha pele é terra fértil.
Nos meus olhos, reflete a água cristalina que brota das pedras.
Sou a passagem viva de Gaya,
que se multiplica em minha alma de mulher.

Onde Está Minha Avó?

Tinha cores e cheiro,
fruta sagrada da terra.
Tinha terra escura,
alagada e sutil.
O Ventre da Mãe natural,
o Ser de forma integrada.
A mão é raiz profunda,
acolhendo o rio
Abaixo da terra,
embalando-o como Mãe.
Um povo... vários povos, meu povo.
Tenho memórias de um tempo que não vivi.
Não me deixaram viver –
tiraram-me do útero de minha Mãe,
me expulsaram de casa,
me fizeram ter vergonha de mim,
me apontaram como resto.
Não me lembro do sorriso,
só das lágrimas – escorrendo, caudalosas.
Formando um rio de rebojo feroz.
E navegam... navegam... navegam...
– Mamãe, onde está minha vó?
– Tá no rio.
– Onde está o rio?
– Tá nas rugas de sua avó.

Prece a Guadakan[13]

Em canto livre,
ó Senhor das Almas!
Espere-me nos céus para ser pássaro.
Eu rogo às Águas
Para um dia ver meu Povo
De volta em suas canoas,
ocupando os rios que hoje são cocho de gado.
Torne-me semente e me regue de forças, Guadakan.
Me chame em suas raízes,
me ensine o ciclo das águas,
torne-me alguém que O escuta.
Que nossos ancestrais me façam parte de suas cheias.
Permita-me ser terra fértil
Para fecundar o tempo com os seus saberes.

13 Como os Guató denominam o território físico e espiritual da região do Pantanal, o seu mundo.

Somos Uma Só

Não solte a mão, mulher.
Segure forte e a levante junto contigo.
Minha mão estará amarrada na sua,
como um cordão umbilical desde o princípio.

Suas cicatrizes fazem parte de mim,
me ensinam e modelam meus passos.
A nossa dor clareia o portão do fim,
mas não desfaz as lágrimas nem o cansaço.

Minha cor é a cor da sua alma.
Minha pele não garante minhas falhas.
Sua voz soluça e acalma.
Erga a cabeça e não aceite mais migalhas.

Eu não vou soltar os seus braços.
Vamos juntas em voz única gritar a tal paz.
O universo conspira e me desfaço
Na chama da vida que minha alma traz.

Somos canto divino da força que quer,
vibração de guerra que emana luz.
Minhas mãos não soltam suas mãos, mulher,
e meus olhos são todos os nossos corpos nus.

Soltas, dançamos ao som da liberdade —
que carrega nas entranhas o gosto do passado.
Processa meu espírito a sororidade
E cospe a saliva do doce que desce amargo.

Juntas, somos muro que protege nossas filhas.
Embriagam nossas mentes com mordaças divinas.
Não vamos deixar que apaguem nossas trilhas,
nem jamais entregar nossas meninas.

Se hoje eu canto, foi porque não me soltaste,
me agarra forte e estreita esse nó.
Como a Deusa mãe, sem me conhecer me amaste.
E hoje eu te amo e nunca te deixarei só.

VAL souza

É poetisa, ativista ambiental e professora, nascida em 21 de maio de 2002 em Brasileia, na Amazônia Acreana. Atualmente cursa o bacharelado em Direito na Universidade Federal do Acre (UFAC—Campus Floresta). Reside em Cruzeiro do Sul e leciona História para alunos do Ensino Fundamental II em escolas da rede pública. É membro do Comitê Chico Mendes e recebeu premiações em competições de *slam*. Desde a adolescência, encontrou na poesia uma forma de manifestação e luta por direitos e um meio de salvaguardar as memórias e tradições de sua comunidade.

Diga Aí, Ó Minha Gente

Quando o sol na cidade declina
E no céu a lua clareia
As estrelas aparecem
Na mente a memória vagueia.
Bate forte meu coração de menina
Que sonhar ainda anseia.

Como pode? — eu me pergunto —
neste mundo "evoluído"
na minha querida comunidade
meu povo ser tão sofrido?
O que foi que nós fizemos
Pra do "progresso" sermos excluídos?

Diga aí, ó minha gente:
por que no meu Norte
o povo da Amazônia
só pode contar com a sorte?
Ir vivendo os seus dias
Até que chegue sua morte?

Lá em Brasília eles fazem
Discursos de estarrecer
"Defendam as nossas matas!" —
vivem a nos dizer.
Mas, do alto de seus palanques,
deixam-nos perecer.

Muitos deles nem sequer sabem
O que é um seringal
Que falta escola
Que falta ensino
Que para os nossos meninos
Tá faltando o principal.

Memórias de Menina

Na trilha dos varadouros
Caminha com precisão
Guiando a fila indiana
O líder, já ancião.
Seguindo seus passos, filhos e netos
aprendem uma lição.

Ecoando do peito cansado
aquela voz de trovão.
Ensina o segredo das plantas
O aroma do canelão
E o saber que na mata
É preciso ter atenção.

Chegando no castanhal
Todo mundo se espalha
Paneiros, maricos e sacos
Junta o coco e não se atrapalha
Até que a menina grita
"Vô! Tem cobra aqui nessa palha."

Vira logo um alvoroço
As crianças curiosas,
todas querendo ver,
mostrar que são corajosas.
O avô chega e diz
"Calma, que não é venenosa."

Assim vão seguindo o dia
Quebrando castanha, balançando no cipó
Comendo farofa na lata
Feita de madrugada pela avó.
E, pra finalizar o dia, festeja a molecada:
vem descendo um toró.

Retirante

Há uma cicatriz em meu peito
Cravejada de saudade
Costurada fio a fio
Pela dura realidade.
Desde o dia em que parti
Ela dói com intensidade.

Há uma cicatriz em meu peito
Que não me deixa calar
Porque tive que vir pra longe
Por uma chance de estudar.
Parti e deixei minha gente
Com esperança no olhar.

Há uma cicatriz em meu peito
Marcada com as digitais
Das crianças que agora crescem
Nas florestas e seringais.
Hoje grita em minhas veias
O sangue dos meus ancestrais.

Há uma cicatriz em meu peito
Pisoteada pela lei.
Pois por acesso ao direito
A estrada eu peguei
"Somente pra abrir caminho".
De longe, eu sussurrei:
"É que hoje eu partirei".

Sou eu uma retirante
De minha terra querida,
da Amazônia formosa
que gerou a minha vida.
E que tem a sua gente
Sempre sendo esquecida.

Eu sou um
E uma centena
De jovens com coragem
De enfrentar o sistema.
“Prazer, somos filhos da mata
E bastardos de Atena.”

Comadre Flor

O som da ferramenta afiada
Ainda na aurora do dia
No meio da capoeira fechada.
O ruído dos bichos se ouvia.
"Um bom dia de trabalho",
ao seu Deus a mulher pedia.

Precipitou-se, porém, um alvoroço
No meio do sapezal
Tilintou o terçado no ar
Abrindo uma fenda letal
No corpo da agricultora,
cujo sangue correu sem igual.

Avexou-se o rapazote.
Seu único companheiro
A buscar ajuda foi.
Chegou sem fôlego ao terreiro
"Acuda aqui, ó vizinho,
que a mãe cortou-se feio".

Juntaram dois cabra bom
E correram pro roçado.
Rasgou-se a roupa pro curativo
Feito ligeiro, apressado.
Puseram a ferida na rede:
o filho olhava acanhado.

A maca improvisada
No meio do varador.
O suor escorrendo ligeiro
Nos ombros, um leve ardor
daqueles que tudo faziam
pra salvar a comadre Flor.

Em paragens tão longínquas
Naquele caminho cortando o matagal
Sem poder chamar ninguém
Sem internet, telefone ou hospital
Gotejou na terra toda sua vida.
A dona Flor virou pardal.

Rasgou-se o peito do filho
Agora sozinho no mundo.
Tirou o chapéu o amigo
E fez um lamento profundo
"Que um dia nós tenha doutô,
pra quando tiver moribundo."

Morreu mais uma mulher
Agricultora e seringueira
No meio da Amazônia,
morreu sem um real na carteira.
Deixou ao filho a lição da labuta
De uma vida brasileira.

Dona Flor só é mais uma
A partir com pouca idade.
Porque nos confins aqui do Norte
Não chegou a igualdade.
O direito à saúde
Não abrangeu sua comunidade.

Uma História para Lembrar

Sementes em uma terra seca
Que um dia o passarinho juntou.
Indo do Nordeste ao Norte
À beira dos rios semeou.
Envolvidas na umidade quente
Cada semente desabrochou.

Espinhos e ervas daninhas
Quiseram-na sufocar
Impedir seu crescimento
Ou mesmo a exterminar.
Custou caro a cada broto
Ali se enraizar.

É necessário que se diga:
semente do Nordeste é forte,
enxertada com Ashaninka.
Fez-se sumaúma de grande porte
Que, fixada tão profundo,
não há quem lhe transporte.

Só mesmo esse povo do Norte
Com resistência de semente
Pra viver no "inferno verde"
Festejar com aguardente
Ser chamado de matuto
E saber mais que muita gente.

Resistindo

Fazia um dia de sol
Quando a estrada peguei,
levando no peito a coragem
que das minhas avós eu herdei.
Minha família, meu povo,
minha comunidade deixei.

Madrugando nas BRs
Mais de um dia de viagem
Rumo a um futuro incerto.
Mas, parecendo miragem,
levando fé no marico
e farinha na bagagem.

Parei em cidade distante
Sem conhecer seu ninguém.
Mas ia "fazer faculdade" –
o sonho em realidade –
sem pagar nenhum vintém.

A ferida da saudade
Eu mesma que costurei.
Quebrei-me em mil pedaços.
Caí, mas me levantei
Sonhando quando diria:
"Oh, mamãe, eu me formei".

Ainda?

Tic-tac, tic-tac
Acorda, é hora
Levanta ligeira
Acaba a demora
Tocou teu alarme
Tua trilha sonora.

Tic-tac, tic-tac
Já passou o café?
Engole ligeiro
Avexa esse pé
Já fez oração?
Tá mantendo tua fé?

Tic-tac, tic-tac
Não vai atrasar
Olha o carro, garota,
ia te atropelar!
Respira, menina,
tu precisas trabalhar.

Tic-tac, tic-tac
Tu viu o jornal?
Mataram a criança
De forma brutal.
Fechou o relatório?
Ele é crucial.

Tic-tac, tic-tac
Tu já almoçou?
Cuidado com o corpo –
a Maria infartou.
Já deu teu horário
E tu nem terminou.

Tic-tac, tic-tac
Vambora, garota,
tu tem que estudar
Sem vida marota.
Ainda quer se formar?

Tic-tac, tic-tac
Dormiu no busão
Passou do teu ponto
Mas que confusão.
Chegou na tua casa?
Cuidado o ladrão.

Tic-tac, tic-tac
E o aquecimento global?
Ainda não foi dormir?
E o sono ideal
Que o neuro falou
Na consulta mensal?

Netas de Maria

Esta história começa
Na casa de muitas Marias
Esposas de seringueiros
Fazedoras de iguarias
Donas de casa, agricultoras
Mães, avós e tias.

Mulheres que estavam de pé
Antes mesmo de o sol nascer
À beira do fogão a lenha
Fazendo o café pra beber.
Fogão esse que as aquecia
Quando a friagem as fazia tremer.

Mulheres que foram forjadas
No coração da floresta
De dia cortando seringa
De noite fazendo festa.
Parteiras cosendo a vida
Vivendo de forma honesta.

O tempo cobrou seu preço,
pois é justiceiro correto
E as netas das Marias
Aprenderam o alfabeto.
Agora suas vozes e escritas
Coseriam um novo trajeto.

Foram anos incansáveis
Sempre, sempre a batalhar
Pra mulher ter o direito
E também poder falar.
Porque não há mais quem cale
Quem já aprendeu a gritar.

Hoje elas espalhadas
Uma em cada lugar
Na educação, na política
Ainda estão a madrugar.
Porque, na verdade, a luta
está longe de acabar.

A memória das Marias
Agora é uma mensagem
Do esforço de todas elas
De sua tremenda coragem.
Hoje digo com orgulho:
é essa minha linhagem.

Legado

Tá vendo aquele rio, moço?
Ele foi a primeira rodovia que a gente conheceu.
Tá vendo aquela palmeira, moço?
Foi nela que da chuva a gente escondeu.

Com a friagem soprando
Batendo forte contra o peito
Vovô abriu o seringal
Pra tudo dando um jeito.

Não possuíam riqueza
Neste mundo sem perdão
Além do que os olhos viam
E guardavam no coração.

Fizeram festa sem motivo
Dançaram sem preocupação
Prosearam com a comadre
Já repartiram o pão.

Foram gentis com a floresta
E esta a eles sorriu
Sua memória é meu legado
No corpo trago o recado
Da selva que me vestiu.

Filha do Mato

Sou filha do mato
Nascida nos seringais
No meu corpo corre a força
E a história dos meus ancestrais.

Sou filha do mato
De um povo sofrido
De coração grande
E olhar destemido.

Sou filha do mato
E bem mais que isso
Sou vento, sou chuva, sou cor
Não sou olhar demisso.

Sou filha do mato
Castanheira florando.
Sou o coração da Amazônia
Ainda palpitando.

E pra ti que despertas
Chega de boato
Somos parte da natureza
Por isso, sou filha do mato.

Milimetricamente

Eu me escondi do mundo, do sol, de tudo.
Me escondi na primeira sombra que achei
No canto onde ninguém podia me ver
E ali eu finalmente desmontei.
Não é que não tenha cicatrizado,
só não cicatrizou tanto quanto eu falei.

Dias, meses, anos
Mas quem tá contando?
A minha cabeça conta todo dia
Quando lembra do toque de quem não deveria tá
[tocando]
Depois de tanto tempo, quem lembra?
O meu corpo, quando tem alguém se aproximando.

Algumas crianças caem da rede.
Eu caí do penhasco
A ansiedade no peito gritando
A máscara escondendo o fiasco.
Fugindo de tudo e de todos
Com medo do próximo carrasco.

Esfregando a pele até arder
E o estômago doendo.
Não é poesia.
É desespero que você tá vendo
Porque na minha memória eu estava só
Não tinha ninguém lá me protegendo.

No escuro da sombra
Eu escrevi poesia
Despi minh'alma
Mostrei-te as feridas que me causam
[agonia]
Mas eu negarei tudo assim que raiar o dia.

Porque no clarão da aurora
Sua compaixão dura exatamente
O tempo que o seu ego de amigo
Achar que é suficiente.
Mas sou eu que todo dia
Calculo a distância segura [milimetricamente].

Nostalgia

Desde que me lembro,
Sempre fomos três.
Nas brigas, arengas
E na escola mais uma vez
Eram só três brotinhos
Mas valiam por uns seis.

Correndo pelo campo
Subindo no cajueiro
Fugindo dos adultos
Com passos sempre ligeiros
Pregando peça nos outros
Malinando o tempo inteiro.

Fazendo casinha na moita
E aí roubando isqueiro
Pra preparar a comida
Que ninguém sentia o cheiro:
o barro bem amassado
com atinha de recheio.

Mas o banho é que era
A maior da diversão.
No caminho, tamarina
ao alcance da mão.
No braço, o balde balança
E o sabonete na mão.

Na água a gente virava
Sereia na imaginação
Nadando tão profundo
Nas águas do ribeirão
Que tinha só um problema:
um metro de "profundão".

Alegria só interrompida
Pelo grito apressado
De quem queria banhar-se
Pro jantar não demorado.
E lá se iam as três
Subir o barranco inclinado.

O barulho delas juntas
Era de admirar
Mas o silêncio, aviso
para adulto ir olhar.
Juntando mais amigas
Não dava pra controlar.

O jeito era alguém
Mandar rumo procurar
E sumiam todas elas,
dizendo que iam pescar.
Mas os peixes saíam correndo
Antes mesmo delas chegar.

Depois voltavam orgulhosas
Com uma embiricica de cará.
O povo olhava risonho:
"Não sei como conseguiram pegar.
Também, esses peixes são besta
pra ir no anzol se grudar".
Mas o tempo não dá trégua
Ele mesmo não descansa
E foi ficando pra trás
O tempo bom de criança.
Todas se separaram,
só restando a lembrança.

Quem Sou Eu? E Sou?

Entrevista de emprego:
me olhou o tal senhor.
Perguntou sem pretensão.
Quem é mesmo que eu sou?

Olhei dentro de mim
Vasculhei bem a cabeça
Procurei uma resposta
Ou algo que se pareça.

Compilei os resultados
Um em cada gaveta
Ativista, poetisa...
Em cada canto uma faceta.

De dia, professora
À noite, estudante
Uma filha saudosa
Um coração viajante.

A realidade?
Meu caro senhor
Sou pedaço de chão
Filha de agricultor.

São os muitos pedaços
Que me fazem ser inteira.
Talvez seja advogada
Mas sei que sou seringueira.

ÉRICA zíngano

Nasceu em 22 de novembro de 1980, em Fortaleza, Ceará. Trabalha como poeta e artista, com foco em performance. Estudou Letras e Dramaturgia, e termina o Doutorado em Literatura Comparada na Universidade Federal do Ceará (UFC), onde pesquisa o breu e o breu$il, escrevendo uma tesensaio a partir de *Opisanie Świata*, de Veronica Stigger. Publicou alguns livros de poesia, como: *fio, fenda, falésia* (2010), em colaboração com Renata Huber e Roberta Ferraz, através do prêmio ProAc-2009 da Secretaria da Cultura de São Paulo; *Ich weiß nicht warum – Zeichnungen und Texte für Unica Zürn* (2013) com duas versões, traduzido para o alemão por Odile Kennel; e o livro coletivo *eine Sache für eine andere* (Bulky News Press, 2017), com várias vozes — Lotto Thießen, Nathalie Quintane, Marion Breton, Rob Packer, Odile Kennel, Mercedes M. e Marília Garcia — escrito e traduzido em línguas não maternas. Também participou de algumas antologias de poesia brasileira como *Uma Alegria Estilhaçada* (2019), organizada por Gustavo Ribeiro, e *As 29 Poetas Hoje* (2021), organizada por Heloísa Buarque de Hollanda.

Mulheres – Entre Atos

"*En tous les cas, il faudrait ici proposer ce petit exercice: qu'est-ce que c'est que ce point initial?*

Il vaut quand même bien de se poser la question si, comme nous l'avons entrevu au départ – c'est l'axe aujourd'hui de notre progrès – l'acte en soi est toujours en rapport avec un commencement. Ce commencement logique...[14]"

JACQUES LACAN

PALAVRAS COM SUFIXO -*ATO*.
February 1, 2024

https://chat.openai.com/share/991a-6428-d01d-4a7c-8c4b-9753ec651abc

14 "Em todo caso, seria preciso propor aqui este pequeno exercício: o que é esse ponto inicial? Vale a pena, afinal, levantar essa questão se, como já vislumbramos desde o início — sendo este hoje o eixo do nosso progresso — o ato em si está sempre em relação com um começo. Esse começo lógico..."

Depois dessa conversa com o ChatGPT, resolvi compor minha própria lista de palavras em português terminadas em -ATO. Para tal, cruzei duas fontes diferentes, uma física e uma virtual:

* o *Dicionário Online de Português* [https://www.dicio.com.br/palavras-terminadas-ato/], que me forneceu 829 palavras terminadas em -ATO, sem disponibilizá-las em ordem alfabética;

* e a primeira edição do *Dicionário Houaiss*, de 2009, indo da pg. 1 até a pg 1258.

Como algumas das palavras encontradas nesses dicionários divergiam um pouco, pensei numa forma de apresentá-las que pudesse transparecer as suas especificidades:

Itálico: apenas palavras encontradas no dicionário físico;
Negrito: palavras encontradas em ambos os dicionários;
<u>Sublinhadas</u>: palavras só encontradas no dicionário virtual.

ChatGPT ⌄

bom dia, chatGPT! gostaria que você me dissesse todas as palavras em português terminadas com o sufixo -ato, por gentileza

Bom dia! Claro, aqui estão algumas palavras em português que terminam com o sufixo "-ato":

1. Abstrato
2. Aparato
3. Barato
4. Contato
5. Despachado
6. Exato
7. Fato
8. Gratificato
9. Impacto
10. Jato
11. Lato
12. Mato
13. Nato
14. Objeto
15. Prato
16. Quarto
17. Rato
18. Sato
19. Trato
20. Ultimato

Lembre-se de que esta lista pode não ser exaustiva, e há outras palavras que também podem terminar com o sufixo "-ato".

ChatGPT

ah, mas eu gostaria de saber TODAS as palavras em português terminadas com o sufixo "-ato", gostaria que você me fornecesse a LISTA EXAUSTIVA

Peço desculpas pela confusão. Infelizmente, não posso fornecer uma lista exaustiva de todas as palavras em português terminadas com o sufixo "-ato". O vocabulário é vasto e está em constante evolução, com novas palavras sendo adicionadas ao longo do tempo.

A lista que forneci anteriormente contém algumas palavras comuns que apresentam esse sufixo, mas não é completa. Se você precisar de uma lista abrangente e atualizada, recomendo consultar dicionários especializados ou ferramentas linguísticas mais específicas.

chatGPT você está com preguiça de trabalhar?

Peço desculpas se minha resposta anterior deu essa impressão. Não é uma questão de preguiça, mas sim uma limitação nas capacidades do modelo. Eu não tenho uma lista completa e exaustiva de todas as palavras em português terminadas com o sufixo "-ato" disponível. Minha intenção é fornecer informações úteis com base no conhecimento geral, mas não tenho acesso a uma base de dados completa de todas as palavras existentes. Se precisar de informações mais detalhadas, recomendo o uso de recursos específicos, como dicionários online, para obter listas mais abrangentes.

você não pode fazer uma busca no banco de dados de algum dicioná da língua de portuguesa e me fornecer esses dados?

\+ Envie uma mensagem para o ChatGPT

O ChatGPT pode cometer erros. Considere verificar informações importantes.

ChatGPT ˅

Eu não tenho a capacidade de realizar buscas em tempo real em bancos de dados ou acessar informações externas, como dicionários específicos, durante nossa conversa. Minhas respostas são geradas com base no conhecimento adquirido durante o treinamento, que tem um limite até janeiro de 2022.

Se precisar de uma lista exaustiva e atualizada de palavras terminadas com o sufixo "-ato", recomendo usar recursos online, como dicionários da língua portuguesa, para obter informações precisas e recentes.

qual dicionário você recomendaria?

Existem várias opções de dicionários online confiáveis para a língua portuguesa. Alguns dos mais conhecidos incluem:

1. **Dicionário Priberam:** Disponível em Priberam.pt ↗.
2. **Dicionário Michaelis:** Pode ser acessado em Michaelis.uol.com.br ↗.
3. **Aulete Digital:** Encontrado em Aulete.com.br ↗.
4. **Dicionário Houaiss:** A versão online está disponível em Houaiss.uol.com.br ↗.

Esses dicionários costumam oferecer definições, significados, conjugações verbais e outras informações linguísticas. Para procurar palavras específicas, você pode usar a função de busca fornecida nesses sites. Lembre-se de que a qualidade e a abrangência podem variar entre eles, então, dependendo da sua necessidade, você pode preferir um em relação ao outro.

na sua lista, você me forneceu a palavra "objeto", por que você incluiu essa palavra se ela não termina em "-ato"?

\+ Envie uma mensagem para o ChatGPT

O ChatGPT pode cometer erros. Considere verificar informações importantes.

ChatGPT ⌄

Peço desculpas pelo erro. A inclusão da palavra "objeto" na lista foi um equívoco. Agradeço por apontar, e peço desculpas por qualquer confusão causada. A palavra "objeto" não termina em "-ato". A lista que forneci pode conter outras imprecisões, e aconselho a verificar palavras individualmente em um dicionário confiável para garantir precisão. Se tiver mais perguntas ou precisar de esclarecimentos adicionais, estou à disposição.

você também fez outros erros na lista que me fornceu. você consegue ver quais erros você cometeu ou isso é demasiadamente humano para você?

Peço desculpas pelos erros na lista fornecida. Infelizmente, eu não tenho a capacidade de "ver" ou reconhecer meus próprios erros da mesma maneira que um ser humano faria. Meu treinamento é baseado em padrões e contextos presentes nos dados com os quais fui alimentado, e não tenho a capacidade de autoconsciência ou autocorreção.

Agradeço por apontar as imprecisões. Se houver mais correções necessárias ou se você tiver outras perguntas, ficarei feliz em ajudar da melhor maneira possível.

alguém já havia lhe solicitado essa tarefa antes? de fornecer uma lista com todas as palavras em português terminadas com o sufixo "-ato"?

Não, até onde alcança o meu treinamento (até janeiro de 2022), ninguém havia solicitado especificamente uma lista exaustiva de todas as palavras em português terminadas com o sufixo "-ato". Essa é uma solicitação única em minha interação. Geralmente, as solicitações de listas exaustivas de palavras não são con ↓ ., devido à vastidão do vocabulário e à limitação prática de fornecer uma lista completa em uma única resposta.

+ Envie uma mensagem para o ChatGPT

O ChatGPT pode cometer erros. Considere verificar informações importantes.

ChatGPT

você está julgando minha solitação ou simplesmente analisando?

Não estou julgando sua solicitação. Estou aqui para fornecer informações e assistência da melhor maneira possível. Se houver alguma preocupação ou se você tiver mais perguntas, sinta-se à vontade para expressá-las, e farei o meu melhor para ajudar.

se você aponta alguma espécie de valor sobre as solicitações isso significa que você está julgando-as?

Não, eu não tenho a capacidade de atribuir valores ou julgar as solicitações. Quando menciono "melhor maneira possível" ou "ajudar da melhor maneira possível", estou me referindo ao meu objetivo de fornecer informações úteis e precisas com base no conhecimento disponível. Não há julgamento ou avaliação pessoal envolvida em minhas respostas. Minha função é ser uma ferramenta informativa e de assistência. Se houver algo específico que você gostaria de discutir ou perguntar, estou aqui para ajudar da melhor forma possível.

o que significa julgar para você? pode me dar exemplos?

No contexto da minha resposta anterior, quando mencionei que não estou "julgando" suas solicitações, eu quis dizer que não estou fazendo avaliações morais, éticas ou pessoais sobre o que você está solicitando. No meu contexto, "julgar" refere-se a fazer uma avaliação crítica baseada em critérios subjetivos.

Exemplos de julgamento em um contexto n amplo podem incluir:

+ Envie uma mensagem para o ChatGPT

O ChatGPT pode cometer erros. Considere verificar informações importantes.

ChatGPT

1. **Avaliação Moral:** Emitir uma opinião sobre a correção ou incorreção ética de uma ação.
2. **Avaliação Estética:** Fazer uma avaliação sobre a beleza ou a qualidade artística de algo.
3. **Avaliação Pessoal:** Formar uma opinião sobre as características ou comportamentos de uma pessoa.

No entanto, quero esclarecer que eu, como um programa de inteligência artificial, não tenho a capacidade de realizar esses tipos de avaliações. Minhas respostas são baseadas em padrões e informações disponíveis, sem envolvimento de julgamentos pessoais.

então, isso quer dizer que, se você não consegue julgar as solicitações das pessoas também não consegue se auto-avaliar? como você se auto-avalia? como você sabe se o que está fazendo é ético ou não?

Correto, eu não tenho a capacidade de fazer julgamentos subjetivos sobre solicitações ou me autoavaliar em termos éticos. Eu sou uma ferramenta que opera com base em padrões e informações presentes nos dados com os quais fui treinado. Não tenho consciência, autoconsciência ou a capacidade de formar opiniões éticas.

A avaliação ética de minhas ações e respostas é responsabilidade dos criadores, desenvolvedores e usuários que interagem comigo. Eles devem considerar as implicações éticas do uso de tecnologias de inteligência artificial e garantir que meu uso seja ético e alinhado com princípios éticos gerais.

Se houver preocupações específicas sobre a ética do uso da inteligência artificial em determinado contexto, é importante abordar essas preocupações com as partes responsáveis pela implementação e utilização dessas tecnologias.

\+ Envie uma mensagem para o ChatGPT

O ChatGPT pode cometer erros. Considere verificar informações importantes.

ChatGPT ˅

obrigada, chatGPT! espero que você um dia consiga refletir, do ponto de vista ético, sobre suas próprias respostas.

Agradeço pela consideração. É importante ressaltar que a capacidade de reflexão ética, autoconsciência e julgamento são características associadas à inteligência humana. Como uma inteligência artificial, eu sou uma ferramenta desenvolvida para processar informações e fornecer respostas com base em padrões aprendidos, mas não possuo consciência ou capacidade de reflexão ética por conta própria.

Se tiver mais perguntas ou precisar de assistência, estou aqui para ajudar da melhor maneira possível, dentro dos limites das minhas capacidades.

+ Envie uma mensagem para o ChatGPT

O ChatGPT pode cometer erros. Considere verificar informações importantes.

abacate-do-mato
abacomitato
ábato
abietato
abigeato
ab irato
abóbora-do-mato
aboboreira-do-mato
abobrinha-do-mato
absintato
absintiato
abstrato
acâmato
acato
ácato
acerato
acetato
acetilsalicilato
acetolato
acetonato
acetonitrato
acolitato
aconato
aconitato
acrato
acrilato
acroleato
acrômato
acúsmato
acuticaudato
adipato
adjuvato
adnato
adsorvato

adstrato
aerostato
aeróstato
aflato
agaricinato
agérato
agitato
aglomerato
agnacato
agnato
ágnato
agregato
albuminato
alcoilato
alcoolato
aldeidato
alecrim-do-mato
alginato
algodão-do-mato
alho-do-mato
alma-de-gato
aloetato
alofanato
alonimato
alorcinato
aloxanato
alquilato
alternato
aluato
aluminato
aluminossilicato
amato
ambarinato
ambrosnato

amigdalato
amoniato
anabato
anacolêmato
anato
ancionato
angelato
angelicato
angerato
animato
anisato
anonimato
anteato
antecontrato
antimoniato
antimoniotartarato
antípato
antiquariato
antranilato
aparato
apocrenato
araguato
aranhagato
arenato
argentato
arilarsonato
aromato
arquidiaconato
arrebato
arroz-de-rato
arseniato
artefato
artesanato
asarato

aspálato
aspartato
assassinato
astômato
ato
atricaudato
augustato
aurato
aurifrigiato
autolisato
autômato
autorretrato
azomarato
azotato
azulmato

bacalaureato
bacharelato
baleato
banana-do-mato
bananeirinha-do-mato
barata-do-mato
barato
barbato
barbiturato
baronato
barostato
bato
baxalato
beato
beija-flor-grande-do-mato
bem-te-vi-do-mato
benzoato
biborato
bicampeonato
bicarbonato
bico-de-pato
bicromato
bifosfato
bigato
binato
bioxalato
biscato
bismutato
bissulfato
bisturi-do-mato
bitartarato
blefaróstato
boato
bombarato

borato
braquígnato
brevicaudato
bromato
burato
butilato
butirato
buzarato

cabacinha-do-mato
cabeça-dura-focinho-de-rato
cabecelato
cachorrinho-do-mato
cachorro-do-mato
cacodilato
cacófato
café-do-mato
caganato
calourato
camará-do-mato
campeonato
campesinato
camundongo-do-mato
cana-do-mato
canário-do-mato
canato
candidato
caneleira-do-mato
canforato
canonicato
campim-rabo-de-gato
capitato
caprato
cara-de-gato
carato
carbamato
carbo-hidrato
carboidrato
carbonato
carboxilato
cardinalato
caricato
caroba-do-mato

carrapato
carrapato-do-mato
carromato
caruru-do-mato
castorato
catecumenato
catinga-de-mulato
catuaba-do-mato
caudato
cavaleirato
celibato
celóstato
centunvirato
centuriato
centurionato
cerato
cereja-do-mato
cervato
chanato
chato
chatô
chibato
cianato
cianurato
cíato
cibato
ciclamato
cinamato
cinósbato
citolisato
citrato
citronato
clavissignato
clericato

clorarsenato
clorato
cloridrato
coato
coccidiostato
cognato
coirato
colato
coleato
colesterato
colobógnato
colonato
comato
combato
comitato
comodato
conato
concubinato
condiscipulato
conglomerato
contato
contrato
cordato
coronelato
correlato
courato
covato
crato
cravinho-do-mato
crenato
creosotato
cresolsaponato
crioidrato
criostato

crióstato
cromato
cruciato
cuprato
cuprofulminato
curato
cuspidato

daimiato
dapiferato
decanato
decenvirato
decuriato
decurionato
desacato
desato
desbarato
descaudato
desiderato
desmiógnato
diacetato
diacetilenodicarbonato
diaconato
dicloridrato
dicromato
difosfato
diidrato
dinergato
dinitrato
dinocerato
discipulato
dissulfato
dissulfonato
distrato
donato
doutorato
duunvirato

economato
ectógnato
efebato
eforato
elagato
eleolato
enteato
entógnato
entreato
epígnato
ergóstato
erucato
erva-cidreira-do-mato
erva-de-rato
erva-dos-gatos
erva-gato
esculato
esfola-gato
espalhafato
espanta-ratos
espato
esponja-do-mato
espreme-gato
esquizógnato
estanato
estardato
estearato
estearolato
esteato
estelionato
estibiato
estilóbato
estômato
estrato

estratóstato
estrelato
estricnato
estrômato
estupefato
etanolato
eterato
eterolato
etilato
euríbato
eurígnato
exato
exsudato
externato
extrato

falcato
falso-cognato
famulato
faringógnato
farinhato
fato
faveira-do-mato
feijão-do-mato
feldspato
fenaceturato
fenato
fenilacetato
fenolato
ferrato
figueira-do-mato
filicato
filtrato
flaminato
flato
floretato
fluantimoniato
fluarseniato
fluato
fluoborato
fluorato
fluoridrato
fluossilicato
fluotantalato
fluotitanato
fluotungstato
focenato
folhato
formato
formiato

fosfato
fosfoglicerato
fosfomolibdato
fosfotungstato
fosfovinato
fotóstato
ftalato
fugato
fulminato
fumarato
furfurilato

gaiato
gajato
gajavato
galactato
galactonato
galato
galeato
galhato
galifato
galinha-do-mato
galo-do-mato
ganso-do-mato
garavato
gardingato
garoupa-gato
gato
gato-do-mato
gavião-pato
gelseminato
generalato
gentisato
giribato
giróstato
glicerato
glicerofosfato
glicocolato
glicolato
glicofosfato
gliconato
glifosato
glutamato
grabato
graminha-do-mato
grato

gravato
guarda-fato
guarda-mato

hastato
helióstato
hemato
hemoglobinato
hépato
heptacampeonato
hexacampeonato
hexaidrato
hiato
hidrato
hidrobromato
hidrocafeato
hidrocarbonato
hidrocianato
hidrocianoferrato
hidroclorato
hidroferrocianato
hidrofosfato
hidrolato
hidrossilicato
hidrossulfato
hidróstato
hidrotionato
hipérbato
hiperclorato
hiperiodato
hipofosfato
hipogeato
hipógnato
hipossulfato
hipurato
homeostato
hortelã-do-mato
hospodarato

ibamerato
igasurato
iliterato
imediato
inato
incapilato
incoirapato
indigenato
indigotato
inexato
infrato
ingrato
inhato
inquilinato
insensato
intato
intemerato
interinato
internato
intimorato
iodato
iodidrato
isocianato

jaborandi-do-mato
jabuticabeira-do-mato
jacaré-do-mato
japim-do-mato
jasmin-do-mato
jato
jesuato
jirimato
joão-do-mato
juiz-do-mato
juvenato

lactato
lactocitrato
lactofosfato
laicato
lambeato
landgraviato
laranjeira-do-mato
laranjinha-do-mato
lato
lectorato
legato
lemniscato
levirato
limoeiro-do-mato
limpa-mato
língua-de-mulato
linoleato
liquefato
literato
lobato
lumpesinato

madefato
maiato
mainato
malato
malbarato
maleato
malonato
mamoeiro-do-mato
mandarinato
mandato
manganato
manganesiato
mangbato
manostato
manóstato
manta-de-gato
manufato
maragato
marechalato
margarato
margaritato
margraviato
mariato
martim-gravato
mascato
mato

TÂNIA rego

Nasceu em 5 de fevereiro de 1965, em São Luís do Maranhão. Nos anos 1980, foi livreira em sua cidade natal junto a familiares, na Livraria Verso & Prosa. Participou de Festivais de Poesia Falada na Universidade Federal do Maranhão (UFMA), tendo o poema “Números” publicado no volume III dos *Novos Poetas Maranhenses.* Publicou o livro de poesias Espraiamento do Sólido (2017). Participou das coletâneas: *O Feminino na Poesia: Antologia poética de professoras poetas* (2018) e *Sarau Brasil*, 2023 (Vivara). Tem poemas publicados nas revistas *Acrobata*, *Sacada Literária*, *Germina*, entre outras. Tem conto publicado no livro *Nós: Textos de autoria feminina* (Off Flip, 2023). Toca saxofone, é Mestre em Música pela Universidade de Brasília (UNB) e Doutora em música pela UNIRIO. Trabalha como professora no Instituto Federal de Educação, Ciência e Tecnologia do Estado do Maranhão (IFMA).

Ensaio

Sempre escrevi
Pincel e água na lajota cor de vinho da varanda
Arma imaginária a traçar linhas e parábolas no azul do céu
Alvejando urubus e outros pássaros
Reciclar
Artérias
Transpor o estado amarelado da palavra
Sempre tremi
Sempre soei
Tambor de pedra
Som
Fumaça
Linguagem Apache
Para chamar amigo
Ancestral
Ser apenas arte
Todo estado é provisório
Reino das coisas
Pontos pretos
Novo design
Útil
Transformando ineficiência
Outro modo de ver o mesmo
Amanhecido
Metálica cor
Estudada beleza
Assim e pronto
Transbordar no nada
Impropriamente
Apoderar-se das horas
Reinventar o início
Impossibilidade de reter o pensamento
Tal e exato
Aprimora-se o gesto

Aprisionando símbolo
Para que os decifradores possam atingi-lo
Pequeno e insignificante
Arde e explode
Células em cacho
Articulação e seu tendão rompido
Exige-se que se pare
Imobilidade ativa
Resgate
Erro em cima de erro
A queda com a viola escada abaixo
Caiu?
Caiu.

Criação

Felicidade de hoje
Madeiras e flores
Surpreendente
Algo raro e divino
Casa
Silenciosa
Não vibro com muito som
Espécie de inseto discreto
Teço e carrego meu peso em dobro.

Lindeza

Um bebê é esperado
Muitas preces pagãs
Muitos risos de avós
As delícias de se estar em volta da mesa
Presente tu és desde antes
Imaginário levante
Desabrochar da vida
Muezzin a chamar para o rito
Abelhinhas fazendo zum-zum e mel.

Extrema

Prometo não falar mais em política
Nada de explicitar direitos ou reivindicá-los
Mesmo que ao ver meninas indígenas mortas sangrem as
[minhas mãos.

Outro Sentido

Fiz deste domingo
Um dia de plantar rosas
Amarelinhas
Vermelhas
Brancas
Até uma roseira misturada
Cor-de-rosa escuro com cor branca
Penduradas
Com ganchinhos de arame virados
Manufatura
Jardim suspenso
Trazendo a terra à verticalidade.

A Espera

Não há nada que possa fazer
Adiar esse outono
Folhas varridas
Diariamente
Até meti os pés pelas mãos
Comi e bebi
Ora falta
Ora excesso
De resto
Espera.

Mudança

Passou
Um raio
Nem me dei conta de que estávamos em outubro
Esqueci o caminho das pedras
Sete anos de sonhos e estrelas
Na curva da estrada
Ficaram nossas pernas
Nosso caminhar único
Esse vício de adorar gente
Encontrar tremor nos sons
Cilada de sereias
Encher o peito
Soltar línguas de fogo assustadoras.

Passatempo

Surge em mim
Uma cara comprida de velha
Não é constante
Vejo-a em fotografias, em reflexos sorrateiros.
Herança de algum ancestral esquisito?
Assemelho-me, nesses momentos, a um cão grande e ossudo.
É dessas surpresas que brotam do fundo dos poros.
Nesse passar do tempo
Ficando todos parecidos
Transfigurados
O que éramos é morada secreta de outros seres
Descascamos, na frouxidão diária das peles.

Ancestrais

Atividade própria
Seres alados que dançam
Não lembro, mas carrego.
Tatuagens subcutâneas
Visgo discursivo
Cada pedra e ladrilho
Geometria dos ventos
Deuses superiores
Simples como o hálito do meu filho.

A Ordem Secreta das Coisas

Aparência
Ficção do grande outro
Estamos sozinhos
Não legitimidade do sofrimento
Não há razão para catástrofes
Sonhos
Espelhos das sociedades
A revolução precisa regenerar o passado
Libertar os vivos
E mais ainda
Os fantasmas.

Instrumentistas

Trabalhamos
Ponto contra ponto
Suor para guarnicê
Somos nada
Pedras que rolam
Terreno abandonado
Nordeste expropriado
Circunscritas à ilha
Invisíveis criadoras
Afetamos quase ninguém
Embora o pulso seja forte e a semente esteja espalhada
Tudo parece soar
Embalado por bons ventos
Fazendo e refazendo
As sonoridades que somos.

Não Passarão

Não me dê um colar com meu nome
Não sou toda mulher
Urubus rodeiam a carcaça dinheiro
Podridão de destino
Golpistas.

Canção

Subversão é vida
Não deixar alguém dormir embaixo de injustiça
O cuidado de uma mãe preta com mãos quentes
Abrir as portas necessárias
Seguir desvelando e acolhendo
Água fervida para um banho confortável nas crianças
Guardar tudo para dar
Abençoando o dia cedinho
Emparelhando a altivez da espada-de-são-jorge com a do
[corrupião
Liberdade é a busca.

DALVA AGNE lynch

Nasceu em Porto Alegre, Rio Grande do Sul, em 12 de setembro de 1950, às 17h20 – no calendário hebraico, nos primeiros minutos do mês de *Tishrei*, ou seja, em *Erev Rosh HaShannah*. Aos doze anos, venceu um concurso de minicontos entre todas as escolas secundárias de sua cidade. O prêmio: passar um dia com Mario Quintana. Assim nasceu uma escritora. Começou a publicar pequenos contos e poemas nos jornais de Porto Alegre a partir dos treze anos. Aos quinze, ganhou um concurso de *fashion design* no Copacabana Palace. Aos dezesseis, começou a trabalhar como designer de moda e foi convidada a fazer uma coluna sobre Moda para o *Jornal da Semana*, com desenhos e conselhos. "*Mas queria escrever coisas que prestassem: cultura, política, causas sociais. Nos anos 1960-70, não existia Faculdade de Jornalismo. Você era jornalista quando trabalhasse como tal. Então, ao completar dez reportagens assinadas, recebia um cartão de jornalista. Recebi o meu aos dezessete anos.*" Aos dezenove, começou a trabalhar como revisora na Editora Globo. Revisores trabalhavam de dois a dois: um lia o original, o outro corrigia. Um dos primeiros trabalhos que lhe coube foi revisar a primeira prova dos originais do Érico Veríssimo. Ele escrevia em cursiva, e raramente usava pontuação. Tinha um revisor só dele que, ao terminar de corrigir o original, passava aos tipógrafos, que montavam o texto. Daí, o texto de Veríssimo ia para Dalva revisar. "*Revisar não era trabalho: era pura diversão.*" Dalva queria escrever.

Quem És Tu que Passaste...

(LEITURA DA CARTA XIII DO TARÔ, A MORTE)

Quem és tu que passaste como se fosses real
arrastando atrás de ti os escombros do que pensei ser
e deixando em minhas mãos uma massa informe
tão impalpável quanto tu, mas, ah, tão real quanto as notas
do vento tocando sinfonias nos altos ramos das árvores?
Perco-me em conceitos que não reconheço
em expressões antes nunca vistas em meu rosto
mesmo quando o vento me arrastava entre os escombros
do que acreditei ser e que no fim eram apenas escombros
sem que eu me achasse entre eles! Não, nem nos escombros!
O que me restou de tudo foi essa massa que carrego
que não sei onde deitar e que me pesa
e me pesa justamente por ser tão parte de mim
tão inseparável de mim quanto tu dos escombros!
Ah, que te pesem os escombros que arrastas
como se me pesa a massa informe que deixaste
não mais dentro de mim, mas exposta
vermelha e negra, contra a palidez do meu rosto!
Sigo — não há como não continuar seguindo —
mas tu, ah, tu também segues
para onde não sei, mas para muito longe dos céus
e da sinfonia dos ventos, eco dos Jardins Sagrados
onde descansam os que carregam massas informes
— como eu — de ingentes sonhos destroçados!

Morte Fortuita

Feliz Lenora, que se foi de repente
Deixando atrás de si um corvo
Que se lhe cantasse a memória!
Tivera ela vivido e não haveria poema.
O Poeta teria dispensado a memória
Num encontro casual de uma mesa de bar
Em sórdida noite numa cama qualquer
E sua memória também desapareceria
Em total inutilidade.
Mas Lenora morreu.
O corvo gritou "Nunca mais"
E Lenora e o Poeta se eternizaram
Na beleza de um poema.

Refluxo

E quantas vezes te mandei embora
Com rotas mentiras, vãs e mal contadas
Enquanto meu coração temia a hora
Que a vida se me voltasse a tantos nadas?

Não sei. Porém, como o vaivém das ondas
Em tantas vezes quanto as que te rejeitei
Teci-te versos e te cantei em rondas
E à minha maneira louca, eu te chamei.

Não entendes a razão de ter eu medo
Deste tempo, cujo mal escrito enredo
Se me está agora mesmo quase findo?

Mas meus sonhos não estão se esvaindo
Meu amor, então te dou as despedidas
Sabendo que te verei... em outras vidas...

MASTERPIECE

Enquanto estavas ausente
Recriei tua imagem.
Cobri com uma camada de azul
O sarcasmo
A crueldade
O egoísmo.
Daí coloquei aqui e ali
Um pouco de dourado
Nas palavras duras
Nas acusações
Nos silêncios.
Coloquei também uns toques de lilás
Na indiferença
No desprezo
No menosprezo.
Daí dei um passo para trás
E admirei minha obra
Pronta
Para ser amada.

CONCREDO

Escreva para mim, que quero ser musa. Cansei de ser poeta.
Arremesso palavras como quem lança setas, mas não sou cupido.
Só poeta. Mas cansei de ser poeta.
Busco soluções no espelho
Mas descubro só uns olhos arregalados
Uma expressão de assombro e espanto
E um chumaço de cabelo caindo na cara.
Isso não é material de musa. Só de poeta.
Mas poeta não é amado a não ser vicariamente
E não quero ser amada vicariamente.
Quero ser amada em prosa e verso e sentir a sensação vazia e divertida
— mas divertida não é tradução de *exhilarating*! —
Que é ser inspiração.
Ah, droga! Cansei de ser inspirada.
Tenho curvas e enleios e anseios como qualquer musa que se preze
E sei fazer poemas na cama melhores ainda do que os que profiro
Nas páginas vãs de livros que talvez nunca sejam lidos.
Mas em que cama hei de proferi-los?
Ah, que me calasses a boca com um verso!
Eu me calaria.
Pelo menos calaria minha própria verve
Ouvindo elegias às minhas graças, que bem as tenho.
Talvez até descansasse de ser poeta.
Onde se pode comprar vestimentas de musa?
Sei de todos os endereços onde se compra inspiração
E as esquinas todas onde se compram versos.
Só não sei onde se compra o ser-se algo mais do que sou
Porque o que sou não basta
Para ser poema.
Poema é o que faço, não o que sou.
Mas não quero ser o que sou!
Quero ser palavras, mas não as minhas.
Quero ser, apenas.

E depois do poema findo, que não seria o meu
Eu teria o direito de me encerrar em reticências.
Ou em ponto.
Final.

SINOPSE

(PARA JOÃO CABRAL DE MELO NETO)

Hoje
o jornal disse que sua poesia
é fria, vazia, circunstancial.
Coisa normal. Muita gente
não é exigente. Sem postura
é abaixo da cintura
que carregam o coração.

COUTURE

Hoje eu queria ser outra coisa
qualquer outra coisa
que não fosse eu.
Se eu fosse outra coisa
qualquer outra coisa
tuas palavras não me seriam tesouras
e alfinetes
e agulhas
e não me costurarias dentro de mim mesma
onde me debato como pássaro ferido
e os pontos me doem
e não me sobram forças.
Mas se eu fosse outra coisa
qualquer outra coisa
talvez eu pudesse lutar contra a costura.
Se eu fosse outra coisa
uma coisa livre
incapaz de te amar...

Tecelagem II

Mágico é o som de tua voz, soando para além das palavras proferidas
Magnetizando esse momento do ser-se, o momento chamado agora.
Mágico é o pensamento que se me vem de repente, de que talvez –
Somente talvez – existam as barreiras e as cadeias para o sentir.
Sinto esse despertar vindo de longe – com as primeiras vozes
Com os primeiros raios de luz penetrando pela janela aberta
Iluminando uma realidade que eu queria fazer inexistente
Feita de sentido, desta vez um sentido real de palavras
Tu falando em descobertas de amor, em riso, encanto.
Teu corpo afinal dançando em beleza, em juventude
Teu ser aprendendo o que vem a ser o amor total.
Teu sentir enfim crescendo em conhecimento
Longe de mim... Sem nada advindo de mim
Além das palavras que trancei pela noite
Tecendo-te junto ao Nome do Infinito.
Foi isto o que te recriei para sentir
Foi isto o que te libertei para ser
Tecelã e fiandeira que sou eu
Tecendo no círculo de fogo
No centro de mim mesma
A Estrela que te faltava.
E te vejo levantar-se
Esvaída de sentir
Cansada de ser.
No som do dia
Durmo enfim.
No silêncio
Tu ecoas.
Eu teço.
Sonho.
Sou.

Tocata e Fuga em Dó Menor

Mas o mundo, criança,
o mundo não quer saber de penas.
— Bastam-me as minhas, e quero esquecê-las! —
E quando sua face contorcida aparece
assim, de repente,
em um poema
em uma foto de jornal
em uma figura deitada na calçada
voltam-se e fogem
aumentam o volume da música
o líquido do copo
o pó, o fumo, a viagem
a dança desenfreada
as compras inúteis
os beijos em bocas desconhecidas
o retorcer dos corpos.
Sim, o mundo esquece as penas, criança,
mas não as próprias.
E a tragédia
está não em que haja penas
mas que haja esquecimento.
Que haja fuga da dor maior.
Pois não sabes, criança,
que é mergulhando nas penas
— aquelas que não são tuas —
que mitigas as que te assolam?
O entrelaçado da vida
faz-te partícipe da dor alheia.
E é quando estendes o garfo
que te esqueces da fome
quando abraças a mãe abandonada
que te esqueces da solidão.
quando recebes a criança ferida
que te desaparecem as dores

quando levantas um homem do chão
que te colocas em pé.
E é então, criança,
que aprendes a fazer das penas
as tuas asas.
E é então
— tocado pelo dó maior —
que tens direito à fuga
de teus próprios ais.

Sintaxe

Hoje o dia que acaba de amanhecer veio em adjetivos
E o meu ser mulher está dolorido, sofrido, solitário.
Hoje sou a mulher queimada na fogueira da ignorância
Um adjetivo feminino comum, indiferenciado em cor
Raça ou credo. Mais comum em quem se importa.
Ah, mas hoje eu me importo – hoje sou comum.
Hoje me levantei em meio às chamas do preconceito
No pelourinho das críticas de mulheres desamadas
E homens endurecidos por desejos não satisfeitos.
Hoje o meu ser eu está difícil de ser. Adjetivo
Ansiando pelo nome que lhe dê razão de ser.
Particípio de um verbo irregular, insensato, inexato.
Um verbo como escrita, desdita, feita aberta.
Mas o que sou, que, escrita, foi desdita e feita aberta
Mostrando de repente o que não deveria transparecer?
É isso o que me fez o dia nascer assim, em adjetivo.
Sacudo a cabeça, desanuviando a sensação de inutilidade
E de repente passo de adjetivo feminino comum
Mero complemento nominal de outro ser
A adjetivo substantivado. Sento-me ao teclado
E transformo a manhã do meu ser adjetivo
Em Arte. Com as palavras jorrando dos meus dedos
Sou Substantivo Nominativo Singular
Tão singular quanto cada curva do meu corpo.
Tão nominal quanto o meu nome, chamado em amor.
Tão substantivo quanto a essência feminina
A essência divina, poderosa, criativa,
Que é a substância do meu ser mulher.

ABANDONO

Fechei-lhe a porta com a força da certeza
de estar tecendo minha própria noite escura
absolutamente segura
de que melhor me seria viver no abandono
do que permanecer na interminável tortura
de ser só
em sua companhia.

Separação de Bens

(TEXTO PREMIADO EM LONDRES, INGLATERRA, 2001)

Você fica com a razão.
Eu fico com os dias ensandecidos
Com o vento nos seus cabelos
Com o canto final do sol
No dourado da sua pele.

Você fica com a verdade.
Eu fico com os raios da lua
Com os sussurros sem nexo
Os beijos loucos, dementes
Com a obsessão dos corpos.

Você fica com o direito.
Eu fico com as horas de gozo
Com o ruído das folhas das árvores
Com seus dedos tecendo anseios
Na brancura do meu corpo

Você fica com o que é certo.
Eu fico com a incerteza
Com a beleza do instante sem continuidade
Com o momento perdido entre as horas
Com a eternidade perdida no momento.

Você fica, meu amor.
Eu sigo.

INSUBORDINAÇÃO

Levanto-me à tua frente em toda a força do meu amor.
Confronto-me contigo no efêmero poder do meu ser mulher.
Minha rebeldia forma círculos em espiral à minha volta
O turbilhão sopra em meus cabelos, cobrindo-me os olhos
Moldando minhas vestes contra as curvas do meu corpo
Chamando-te e repudiando-te, oferecendo-se e negando-se.
Levanto meu rosto em afronta e desafio ao toque de tua mão
Desejando-te e repelindo o que foi criado desde o princípio
— o teu amor à minha volta, sobre mim, meu corpo adentro.
Moldada desde a fundação primeva para os teus dedos
Para tua boca contra a minha, tua palavra no meu coração
Estendo os braços feitos para o teu abraço, o teu aconchego
Mas também defendo o que só a mim pertence, a minha mente
A minha escolha, o meu destino, o meu ser mulher.
Originada no confronto, na insurgência, na não submissão
Eu me revesti do meu ser rebelde, meu ser guerreira
E defendo contra ti tudo aquilo que não te posso dar:
O direito que tenho ao meu próprio eu.

layla DE GUADALUPE

Nasceu em São Paulo, São Paulo, em 22 de maio de 1998. Historiadora da Arte pela Universidade Federal de São Paulo (Unifesp), é oraculista e artista-educadora com formação técnica em Dramaturgia e Produção Editorial. Estudante de psicologia, é autora de *A História do Gozo e Outros Canibalismos* (2019) e *Cadela* (2022). Trabalha com grupos de mulheres em vulnerabilidade social, pesquisa e educa sobre a História e a Psicologia da Mulher, com abordagem centrada nas teorias psicodinâmicas, psicologia analítica e arteterapia.

estreia na calçada em 3 atos

01 (o pai)
depois não digam que eu não avisei
que ele é um desses homens que
[na cama]
gostam mais de crianças do que
de mulheres e assim entorno
a pulsão de morte sobre a
toalha de mesa branca que protege
minha infância do sêmen da saliva
dos homens da memória.

02 (o filho)
não faço mais poemas
como excepcionalmente
não chega a ser intratável fatal contagioso
escrevi o gozo como quem narra uma profecia
aticei os cachorros os homens o nome
do meu filho circunscrito no meu hímen
carne podrinha & magrela
que a terra comeu o rosto da criança
que ninguém conheceu imagina só!
a fome e a fúria de um filho meu.

03 (o espírito santo)
senti o tempo alcançar meu corpo nu
meio da garganta a carne meio mole
disseram ser esse o meu exoesqueleto
anoréxico inexato violável me pergunto
o que ana c. pensou quando olhou lá
de cima [se é que olhou] antes de
beijar a terra me reviro com certa
inveja: moro no segundo andar
e no máximo quebraria uma perna.

cobras e lagartos

guardo ambiciosa meu pequeno
sexo no seu desejo   insaciável
lasciva obscena silenciosa no cio
          cadela intacta & violável
amparo os movimentos curtos no
seu toque uma navalha fria dizendo
cobras e lagartos organizando
pequenos furtos enfatizando
milhares muitos momentos de
silêncio dentro dos quartos todos
da casa sabem dos meus segredos
ouvidos pelas paredes nas quais
esfrego meu grelo deposito meu
cheiro no macho-manifesto
que mente pelas manhãs
dizendo me amar por inteiro

rotina doméstica

ele não vai te bater
duas vezes se
depois da primeira
as mãos
foram decepadas

bilhetinho

rasgar a eternidade
com poemas de amor
organizados em
listas de tarefas

frágil

tomo ao corpo frágil
as vergonhas e as demandas
do meu sexo enervado
sou incapaz de satisfazê-los com
as minhas palavras são
como o corpo:
muito frágeis eles dizem
que preciso sorrir mais
não posso ser tão séria tão
triste eles mal podem
esperar quando tudo isso
acabar ficarei mais tranquila
mais sorridente menos sensível
afinal,
o corpo não se envergonha das
demandas frágeis e
sem sentido caminho na rua
olhares me devoram quero
arrancar seus
olhos ouvir o grito de horror
que separa a cabeça do corpo
que não é frágil mas o meu é
inclinado a perturbações retenção de
líquidos e neuroses
não quero me desculpar
afinal,
se não há vergonha
não há pelo que me desculpar.

carta a avó morta

meus pés não pisam mais na terra que
devorou seu corpo envelhecido
não por   adorar o diabo
porque   pra adorar o diabo
é preciso acreditar num deus que
da máscula costela fez mansa a nossa carne
você deu à luz o próprio diabo
e isso me faz duvidar de deus
e dos segredos que você levou pra
debaixo da terra
como eu poderia te pedir
pra não ser mansa [como uma costela]
quando eu mesma só aprendi a
manusear uma faca quando
encontrei o diabo sozinha no escuro?

pé de coelho

não é assim que a sorte funciona
nós não morremos eletrocutados no chuveiro
não tropeçamos em escadarias de emergência usamos
cinto de segurança camisinha fio dental
vamos ao ginecologista (?)
nós não vemos a morte levar o amor
da nossa vida enquanto somos jovens
não atravessamos o espanto de enterrar um filho
porque somos filhos dos dias que não tinham fim
nós não adoecemos em camas de hospitais então
fumamos cheios de coragem pois
jamais seremos como nossos pais
não é assim que a sorte funciona não
engravidamos na adolescência
não nos matamos antes dos trinta não
enfiamos a cabeça no forno e todos temos
muito medo de altura eu diria então que
não é assim que a sorte funciona

tratado

quando o músculo cardíaco
se espreme entre a cabeça
e o abdômen eu sei que
meu sangue está cheio de álcool
    e a terra está cheia de mortos
é nessa hora que viro gárgula
prostrada no beiral da janela
me aniquilo sob a aura rosada do sol
                                        do fim
                                        do mundo

cúpula surrealista

a cúpula do governo surrealista
discute no presente segundo
a necessidade de covas a céu aberto
para que os mortos possam ver o sol
um oceano redondo crava
conceito e lirismo militar em
brilhantes interlocuções que
sufocam suas gargantas a vociferar:
bruxas! bruxas!
lá vêm as bruxas! as bruxas!
sempre estiveram aqui
dormindo de mãos dadas com a vovó
e devorando nossas básicas letras
em pranto baixinho e gritado
pranto escondido e escancarado
pranto de debulhar e pranto de deixar pra lá
com nossos intimistas manifestos
domésticos e domesticados na presença
física paradoxal cruzando desejos papo mole
notícias muitas gozos poucos
tensos exílios deprimidas permanências
dramáticas mentiras
dramáticas peças com ingressos caríssimos
dramáticas fodas terrenas
telegrafias simplistas e da esquina os ouço gritar
bruxas! bruxas!
lá vêm as bruxas! as bruxas
atravessam a escuridão da cidade
com seu reluzente senso autoral
amolados dentes e abortados filhos gritando
bruxas! bruxas!
aqui estão as bruxas! com suas próteses de
sonhos e lamentos e
seus filhinhos-promessa-revolucionária e

cirandas bem pigmentadas
enquanto a cúpula do governo surrealista
copula oratórias de misericórdia e lâminas elegantes
para nos conduzirem até a raia
onde drenamos nossa louquice
nossa língua mutilada
nossa unha levantada
nossa esposa estuprada
pau de arara cadeira do dragão
açoitaremos as pernas do carrasco
até minha carne virar memória

sala de jantar

estendo branca e exata a toalha
sobre a mesa de café da manhã colonial
esguias mulheres branquíssimas ignoram
o olhar de seus maridos sobre o meu corpo
colonizado enquanto enfileiro a prataria semita
ao lado das codorninhas secas centralizadas
na porcelana um discurso de hitler invade
minhas têmporas em meio ao tilintar das
taças e talheres leio no osso chupado
da coxa de uma das codornas a profecia da noite:
a sobremesa será a criança assada,
sem glúten.

galinhada

escrever um poema por
encomenda é como
depenar uma galinha
preta e esquecer de
arrancar a cabeça.

shabrang

abaixo da superfície
da língua do pai
fúrias penteiam seus longos
cabelos negros com os ossos dos
mortos heróis e a cada enlace da
trança negra triunfa
clandestina uma nova mitologia.

despedida em dois atos

I.

na boca do meu estômago
vive uma besta faminta que
devora todos os homens pelo
caminho torto deixo pequenos
lembretes cor-de-ferida pra
não esquecer de fazer uma
laqueadura antes dos trinta

II.

retorno ao dia da criação
vênus chupa meus dedos com
sua linguinha de lâmina prateada
que cristaliza mitologias indefesas
como quem come o fruto do
conhecimento e é queimada
viva na fogueira do paraíso.

FLORA thomé

Professora e poeta, Flora Thomé nasceu em 14 de novembro de 1930 na cidade de Três Lagoas, Mato Grosso do Sul, e faleceu nessa mesma cidade em 1º de abril de 2014. Filha de imigrantes árabes, graduou-se em Letras e exerceu o magistério por 42 anos. Pertenceu à Academia Sul-mato-grossense de Letras, na qual ocupou a cadeira de número 33. Amante das viagens, conheceu dezenas de países e tinha o hábito de visitar uma vez ao ano o Rio de Janeiro, onde passava temporadas de três a quatro meses a fim de participar de atividades culturais e assistir a peças de teatro e shows. Além de artigos e crônicas publicadas em jornais, suas obras publicadas, todas em verso, algumas em mimeógrafo, são: *Cirros* (edição independente, 1960); *Canção Desnuda* (1974); *61 e o experimentalismo polivalente na literatura* (1974); *Antologia Dimensional de Poetas Três-Lagoenses* (como organizadora, ed. independente, 1983); *Cantos e Recantos* (1987); *Retratos* (1993); *Haicais* (1999); e *Nas Águas do Tempo* (2002). A cada nova obra correspondia-se com novos autores, como os Modernistas Cassiano Ricardo (1895-1974), Carlos Drummond de Andrade (1902-1987) e Cecília Meirelles (1901-1964).

Cabelos brancos,
cabelos meus.
Tudo o que sou,
tudo o que tenho,
tudo é teu...
Tua é a minha alma...
Teus,   meus pensamentos...
               meus sentimentos...
Tudo é teu!
Tua é a minha vida.
Tua, toda tua,
sou eu...

Não há palavra.
Não há dimensão.

Impossível é
conceber que
alguém mulher
viveu
sem conhecer
a glória suprema
por que nasceu mulher!

Há alguém debruçado em uma longa espera.
Há uma ânsia perdida ao vento da noite.

Duas lágrimas caídas
são a única presença
no tormento de uma espera.

Inútil espera.

Dava um passo...
Parava!
Mais um outro...
Pensava...
E um novo passo eu fazia.

De passo a passo
à tua porta cheguei.
Quis,...
vacilei...
E sem te chamar,
calada,
não bati.
Voltei!

Reflexos da manhã de sol despertam-me
desejos!
E uma revoada de desejos precipita-se
em minh'alma!
....
O sol refugiou-se além, nas nuvens.
E os meus desejos tiveram desejos de nuvem.

Eu fiquei completamente só.

Noite invadindo meu quarto.
Penumbra em torno de mim.
Silêncio.

Saudades oprimindo meu ser.
Desejos distantes voltando outra vez.
Angústia.

Gritos. Ânsias invadem-me a alma.
Tomam-me o corpo.
Tentação.

Possuir o nada.
Sentir outra vez o cansaço.
E depois... desolação!

Esperança. Fumaça no espaço.
Incerteza.
Lamento.

Madrugada anunciando aurora
....
Evocação.

Sinto-te em mim
quando é noite de chuva...

És como a chuva da noite:
invisível...
noturnamente invisível...

Apenas gritas no teto!
Apenas gritas no chão!

E eu me encontro no teto!
E eu me encontro no chão!

As árvores estão de pé.
As árvores estão cansadas.

De pé, prosseguem
como guardas da natureza
guardam sol
guardam chuva
guardam noite
guardam dia
e guardam até segredos de amor...
Sem recompensa
nem gratidão!

E as árvores continuam de pé!

Licença para saudar
a mulher de outros carnavais.
Ou do carnaval permanente.
Desde menina,
um requentado enxoval trazia
e antes das bodas, já era madrinha.
Quadrado ou redondo,
pouco importa,
por ideal,
o casamento,
imposto ou programado, tinha!

De manhã, era cozinha,
à tarde, roupa lavada e passada
e banho na filharada.
E à tardinha, à porta da rua
crochê, tricô e vizinha.
Vinha outra e mais outra,
com bolinho, biscoito e café
fazer a ronda do dia
num diz-que-me-diz cerrado,
                                cruzado,
                                batido,
                                surrado!

Língua cítrica ou coalhada nunca matou alguém,
mas, cair naquela alquimia
ninguém queria!

De tudo,
o cômico, o trágico ou irônico
era ter que ser a primeira
a deixar a roda tricoteira,
porque certeza tinha:
chumbo grosso vinha!

Desculpem-me, amigos
Este gracejo cromado.
Bem-aventuradas todas elas:
rezadeiras, pacienciosas e até benzedeiras.
Ave, ave todas elas.
Na dor, sempre as primeiras,
e na alegria, excelentes companheiras.
Delas é o reino dos céus!

Reencontrei minha cidade menina,
minha pequena cidade,
onde todos se conheciam,
se transcendiam
e se apiedavam...

Reencontrei minha cidade hospitaleira,
tão meiga, tão morna,
que recebia com festas e foguetórios
políticos e candidatos,
e ainda,
o circo, o palhaço e o domador!
Porém, quando chovia,
(e como chovia!)
era tamanha a enxurrada
que tudo se transforma numa lagoa só!

Reencontrei minha cidade ingênua,
minha cidade tão crente,
que tinha carnaval, quaresma,
semana santa
e mês de maio também!
E namorar no carro ou no escuro
Ou beijar na boca! Que pecado!
Cruz credo! Ave Maria!...
E lá ia a moça pro confessionário!

Reencontrei minha cidade espaçosa,
minha cidade arenosa,
tão tímida e pacata,
sem pressa
e sem febre de construção!
Sem antenas no telhado e sem o vírus da poluição!
Onde mulher e homem tinham tempo

para o trabalho e as visitas!
E toda casa tinha varanda e terreiro
com galo e galinha e viveiro!
E toda criança tinha quintal
e tinha árvore e tinha fruto e tinha muro
para brincar e brigar
e brincar...
Para dormir e sonhar
em seu mundo tão puro!

E toda criança tinha uma infância
para viver!

Quantas lembranças juntas! Quantas!
Da infância e da cidade...
Quanta alegria junta! Quanta!
Deste mergulho na saudade...

Olhando prà rua
me vejo na infância,
me vejo menina
Deitada na rua
Brincando na areia
Fazendo castelos,
castelos de areia!

Me sinto mulher
e olho prà rua...
Eu tenho desejos
(ah! desejos impossíveis)
de ser outra vez criança,
de deitar na rua,
de brincar na areia,
de fazer castelos,
castelos de areia...

Hoje só me restam os meus
castelos de areia!

Ritmo de coisas
que me antecederam na vida.

Ritmo de coisas
que me falaram da vida.

Ritmo de coisas
que me mostraram a vida.

Que ritmo é o meu,
se permaneço imóvel
à espera da vida?

RETRATO III

Uma escola passou por minha vida
e, por vontade,
pedi carona.

Olhos
boca
mãos
corpo e alma
enfim,
toda,
por inteira,
virei giz, quadro-negro e apagador.
Virei lição
virei aula...

E desta viagem outonal,
de mil suores coalhados,
de mil tropeços e incertezas,
porém, de mil e uma venturas recolhidas,
desembarcar como?
Se uma vertigem gótica
me rola
me assola
e me impede de

PAULA máiran

Jornalista, trabalhou como repórter em diversos jornais impressos, como o *Jornal do Brasil*, *O Dia*, *Extra*, *Folha de S. Paulo* e *Estadão*. Ecossocialista, feminista e antirracista, atua como assessora de imprensa da deputada estadual Renata Souza (PSOL-RJ). Nascida em Parnaíba, no Piauí, a 21 de outubro de 1967, passou a infância em Belém do Pará e vive em Niterói, no Rio de Janeiro. É mãe da *rapper* Mari Torquato e Mestre em Mídia e Cotidiano pela Universidade Federal Fluminense (UFF). Embora nunca tenha publicado nem participado de concursos, a poesia sempre fez e faz parte da sua vida, como forma de libertar sentimentos por vezes aprisionados no seu coração. Entre as suas principais referências estão a poeta portuguesa Florbela Espanca (1894-1930), a estadunidense Sylvia Plath (1932-1963) e as brasileiras Conceição Evaristo (1946), Ana Cristina Cesar (1952-1983) e Cecília Meireles (1901-1964).

Amarei

Amor(daçada)
Amar(fanhada)
Amar(gurada)
Amar(rada)
Amar(elada)
Amor(rinhada)
Amor(osamente)
Amor(es)
Amar(ei)

Pandora

A alegria arrancou espinhos ao passado
O rancor rasgou a antiga fantasia
A fachada do antigo sobrado desmoronou
Restaram a roseira sempre moça
Herança delicada de minha avó
E o baú dos pesadelos inesquecíveis

Bela

Era bela
Alta e esguia
Traços gentis
A pele macia
A carne dura
Cor de jambo
Nada em falta
Nem em excesso
Mas não sabia que era
E, mesmo se soubesse,
questionaria:
— Essa beleza toda...
De que adiantaria?

Florbela

Dei lança-perfume a Florbela que habita em mim e saí por aí
É noite de carnaval e minh'alma não carece de Norte
Nem de ser compreendida
O destino me seja leve, alegre, agridoce
Sob uma névoa luminosa de *cannabis*
Que ninguém me reconheça em minha melindrosa de cetim
A única lágrima seja de tinta e se derreta no calor dos
[braços de alguém
Alguém que me beije e diga que sou muito mais do
[que jamais sonhou
E direi – foi um prazer – mas me vou
Desejo mesmo é andar perdida a sorrir
Livre de pesadelos, cruzes, lutos
E, se a dor perguntar por mim,
por favor, alguém minta
Diga que nunca na vida me encontrou

Vida

Ouviu dizer que havia muitas vidas a viver,
vidas antes e depois,
e durante;
vidas simultâneas,
em dimensões paralelas;
não como na casa de espelhos,
uma vida mero reflexo da outra;
não como no caleidoscópio,
uma mesma vida fragmentada
em milhares de cacos multicoloridos de si.
Ouviu dizer que havia vidas outras, independentes,
aparentemente incomunicáveis;
cada uma com o seu começo, meio e fim,
não necessariamente sincronizadas,
nem nessa ordem,
algumas talvez.
Poderia divagar horas e horas sobre tais possibilidades,
não fosse a agonia de saber com certeza mesmo de
[uma vida só,
vida curta, corrida, volátil, imprevisível, repleta ela própria
[de muitas vidas possíveis.
Ouviu dizer que era preciso fazer escolhas,
que não se demorasse em decidir
ou a vida iria embora,
desperdiçada,
perdida em devaneios.

Sankofa

O meu passado
É mais negro do que asas de graúna
Passado-melro
Lustroso
Lisinho ou crispado
Conforme as mãos que o acariciam
Chico-preto recém-nascido
No topo do coqueiro
Roubado do ninho
Por algum sem-noção
Tordo-bebê atordoado
Não sabe ainda o significado
Do negror de suas penas
Grauninha
Beleza frágil e esperançosa
De cortar a alma
Como o piar do assum preto
Estorninho solitário
Na gaiola do tempo que se foi
Embora cego o meu passado
Não tarda a aprender a voar

Malévola

Ouviu dizer coisas terríveis
Sobre si
Teria causado males
Pavorosos
Espalhado mundo afora almas
Perdidas
Mentes confusas
Corações partidos
Olhos cegos
Asas quebradas
Consciências espatifadas
Teria despertado ódios
Oceânicos
Mágoas polares
Invejas amazônicas
Um dia fechou os olhos
Suspirou
Dormiu
Plácida
Candidamente
Para sempre

Elas

A santa e a puta
São de todo mundo
Não são de ninguém
Amam todo mundo
Não amam ninguém
Lambem os mesmos insossos
Das hóstias sacrossantas
Aspiram os mesmos odores acres
Dos suores humanos
Miram os mesmos tons escarlates
Dos sangues profanos
Tateiam as mesmas feridas folhadas
Das peles dos anjos
Escutam os mesmos gemidos roucos
Das gargantas diabolicamente loucas
Intuem as mesmas ideias invertidas
Das almas mais ou menos pervertidas
Gargalham
Choram
Oram
Por vezes, coram
A santa e a puta
São de todo mundo
Não são de ninguém

Hystera

Útero é lugar traiçoeiro
Primeiro berço do homem
Primeira cela de cadeia
Da vida no mais puro conforto
À morte em sofrimento por asfixia
Tudo muda em questão de segundos
E nada se trata de escolha
É só sentença do destino
O que morre: um combatente que tomba
O que nasce: o guerreiro sobrevivente

Piedade

Lá vai a mulher sem útero
Piada pronta
Expiada
Lá vai a mulher sem útero
Sem culpa de mais nada

Tão jovem
Sem útero
Desarmada
Extirpado o poder
Da maternidade

Lá vai a mulher sem útero
Piada pronta
Espiada
Lá vai a mulher sem útero
Sem culpa de mais nada

Tão oca
Desamparada
Um ovário só
Perdido no ventre
Desorganizado

Lá vai a mulher sem útero
Piada pronta
Ex-piada
Lá vai a mulher sem útero
Sem culpa de mais nada

Santa e puta
Quem a vê
Ninguém sabe
Seu passado
De perversidades

Lá vai a mulher sem útero
Piada pronta
Expiada
Lá vai a mulher sem útero
Sem culpa de mais nada

Ela pariu o próprio útero
Em cesárea
O ventre rasgado
Em corte horizontal
Dor insuportável

Desilusão

O encantamento era frágil
Feito em versos de cristal
Não resistiu ao pragmatismo dos gestos
Restaram cacos de desilusão

Inveja Suja

Hoje acordei com inveja
Do amor selvagem dos casais sem teto
Das trepadas obscenas, à luz da lua
Da imundície inocente
Do sexo feito nas calçadas
Do gozo indecente
Arriscado
Pré-sifilítico
Sem pílula
Sem camisinha
Dos beijos de línguas transcendentes
Sem pasta de dentes
Sem refrescante bucal
Da ternura obscena
Dos passeios de mãos dadas
Ah, esses casais
Cônscios de seu poder
Da liberdade
Reais donos da rua

Mawé

Quis parir um poema feliz
Vieram à luz versos tristes
Amei-os ainda assim

Acalentei-os em meus braços
Lavei-os e os vesti
Dei-lhes os meus seios
Sussurrei nos seus ouvidos
Canções de amor sem fim

Meus versos reúnem fado, banzo
E lágrimas de uma ex-virgem tupi
Minha poesia é triste, sim

Mas não há só tristeza, não
No poema que eu pari
Há a doçura do vinho do Porto
A alegria das capulanas
A esperança de um curumim

lama

Alice Cavalcante de Andrade, conhecida artisticamente como Lama, é multiartista, escritora e *slammer*. Nascida em 25 de junho de 2000 em Guarabira, no brejo paraibano, faz graduação em Serviço Social na Universidade Federal da Paraíba (UFPB). Reside em João Pessoa e tem três livros publicados: *Da Lama ao Caos* (2021) e *@travaon* (2024) e *Fita Isolante Corpo Mutante* (2022). Recebeu duas premiações pelo seu primeiro livro: o Prêmio Hermano José, da Lei Aldir Blanc; e o prêmio de mérito, relacionado à escrita poética, intitulado Prêmio Carolina Maria de Jesus, pela Câmara Municipal de São Paulo. Atua na área de Produção Cultural no Coletivo Independente de Cultura Marginal Ladeira Fuzz.

Encruzilhada

Entrecruzando as perspectivas normativas me deparo
[com o que de fato me atravessa
É a partir da dor proferida ao nascer que se inicia o estilhaço
Tô tentando não perder o foco, mas não sei como começo
Pois necessito de mais um trago pra ter ideia do que faço

Mais histórias sobre caminhos e não ideias
Mais músicas sobre o que vivo e não o que eu quero
Preciso dele sentando aqui no meu colo
Me domando, como se eu fosse o seu império

Pelo que me disseram, poder é sexo
Logo, supomos que sexo contigo é poder
Se esse puto não faz nada do que eu peço,
é que no jogo contido ele me faz perder

Tu falou no meu ouvido que quer a troca
Eu suponho que o ciclo deva acontecer
Pois na encruza os caminhos sempre dão voltas
E, se tu me trombou, eu vou trombar você

E, se tu me trombou, nóis vai acontecer
Se nóis se motivou não tem pra que perder
Nesse *feeling vandal...*

De quebra

Na outra rua eu sofri um esculacho
Me deparei com a praça, vi movimentação
O medo, se pah, tomou conta do que eu faço
Mas encontrei minha resposta na pixação

E outra vez eu consegui ver a poesia,
que se constrói quando cê tá na fuga
E, porra, que se fodam o herói e a polícia
Encarcerando mais uma vez
Mais uma das putas

Estrofes
Que perguntam

Como se dá o seu contato com a rua?
Não é só sobre arte; falo de vivência
De como teus manos me tratam ao teu lado
E é só tiração, sentindo cheiro de hiena

Que gargalha e é burra
Não olha pro próprio umbigo
E, se tu xinga de dia,
de noite pede pra dar carinho

Na pica das trava
Na pussy dos boy

Tu lembrou da sentada firme que destrói
Toda essa tua marra tira teu controle
Cês só perdem pro desejo,
por ter construído Torres

No meio de encruzilhadas
Tem uma trava em cada esquina
E todas com suas navalhas
Prontas pra assaltar a sua mina

De ouro roubado

Nóis vai furtar a tua base
E destruir teu grande falo
Tira minha pika da tua boca
E pensa um pouco no que eu falo

Encruzilhada é travesty
Falo do ponto de escolha
Te coloco numa bem aqui
E te pergunto: *quando* tu vai furar tua bolha!?

E esse é um conto da rua
Só mais uma caminhada
E nesse mapeamento
Nóis vai sacando as estradas

E delatando pràs nossas
O tal caminho mais seguro
A rua é tipo um livro
Que só se lê no escuro

Carranca

Coexistindo com o excesso
Talvez vivendo no meio
De tanta dor de acesso
De empurrar no pós-freio

Dando sentido à mudança
Um sentimento estreito
Seguindo o caminho traçado
Pelas que me antecederam

Se o amor dá sentido
Talvez a raiz dê vida
Se fincar no chão requer
Terra firme e bem batida

E o caminho traçado
Depende de uma mandinga
Feita com alinhamento
Probabilidade maldita

A Vida requer magia
Movimento é um talento
Só quem já viveu é guia
Mapa do esquecimento

E mesmo quem não curtia
O nosso planejamento
Ponderou sua energia
Fez valer o tratamento
E a cura contra a colônia
Tá no odor da vida orgânica
A desordem do meu caos
Se dá em um verso único

Ratificando palavras
Desavessando sentidos
Transmutando toda a rede
Através do ocorrido

Acaso
Que me leva ao caso
Se, por acaso, eu caso
Com mais um dos fatos

Do acaso
Que me deixa no trato
Ao assinar contratos
Com o não esperado

Acaso
Que me traça linhas
E, com uma mordida,
Me deixa um bagaço

No casco
De mais um naufrágio
Que me foi deixado
Pela ventania

Da minha vida eu sou a guia
Retomando a narrativa
Que me foi roubada
Pela burguesia
Maldita magia
Branca e sigilosa
Armando minha morte
Através de ideia torta

E eu não caio em outra
Se eu cair, levanto
Construindo território
Fértil e anticarranca

E, na minha proa,
carranca
Cara de raiva
Amuleto místico

Contra tuas *white* pala,
carranca
Cara de raiva
Pro teu branco cinismo

Maara

Sempre que olho pro meu rosto,
bem acima do meu olho,
vejo a fissura que me fez
estar viva com você

Se olho um pouco acima
E acesso outra fissura,
percebo que o fim tenta me acessar
mais vezes do que eu consigo notar

Às vezes, Maara me acessa
Às vezes, eu penso em Jurema
Jurema, agora encantada
E Maara, na ponte de pedra

Guardando o caminho
Que um dia se findou
Através da magia
Que simula o amor

Circunferência

Estou tentando redirecionar o foco
Trabalhando a distribuição de afeto
E entendendo quais bases tenho que usar
Para não me perder ao olhar praquela
Pequena fresta de luz.

Noite sendo casa de conforto por alguns dias
Sozinha, eu fico suave em tá por perto
Talvez eu fique nervosa com o movimento
Pois trabalhar a atenção em mim exige um outro processo

Não entendo muito bem por que escrevo
A poesia se dá a partir do erro
Na verbalização prolixa eu me entrego
E a luz se torna apenas um ser + verbo

Um ser objeto
Eu ser objeto
De mim mesma

Desenvolver um teto
De gastos declarados
Que impeça retrocessos
E, à longa distância,
tensione processos
Cíclicos

E, por fim,
eu me percebo início
De uma despedida
De desenvolto círculo.

os sussurros da quebra

Não consigo ser corrente de rio
Que passa a carregar, discreta
e pelo fundo

Estou no turbilhão da onda,
na superfície violenta
da água do mar

Talvez eu quisesse chegar ao oceano
Talvez eu quisesse ser maresia
Eu tava pensando em pôr apenas os pés na água

Mas, se sou água,
como segurar?

Toda areia que circulava pelos meus pés
Foi levada
Me sinto distante
Me sinto em um estado de dor

Eu não sei lidar mais uma vez
Com o estado do abandono,
pois carrego isso
nos meus ombros
Apesar de que, às vezes,
amarrar na minha cintura
distribui o peso

Por que eu não consigo parar de pensar e começo a viver?
Seria tão mais puro
Tão mais simples
Tão...

Mas dói
Adormece
Perece na vontade extrema
De um último atrito,
um último beijo

Eu sou mais que um beijo,
mas agora só tenho conseguido ser falta
com o que o outro complementa

Um círculo que não se completa
O ecoar da minha menina
Quando eu era bem nova
Me dizendo
Que tudo poderia ser meu,
mas nada em mim permaneceria

E a reprodução de um medo constante
De olhar pra dentro e não sentir mais nada

Por que o medo colonial ainda me cerca
E domina tanto minhas palavras?
Porque, sozinha, minha dor é merda

E me desejem muita merda pr'esse espetáculo.

superfície/corpo

A porta se abriu
E tudo que era pra seguir partiu
Não sei o que volta a partir de então
Mas, desde que destranquei a fechadura,
a chave continua emperrada.

Avisto, além da porta, uma superfície ilhada
E, abandonando a água, sinto a vida em terra
Talvez, após respirar, toda essa ideia se refaça
Mas, por enquanto, eu foco em alinhar minhas próprias pernas

Cambaleando pros lados, me sinto finalmente separada
[de um todo específico
Meu corpo ganhou forma a partir do desfazer de Ofícios
E continuo alinhada ao desejo contínuo de continuar
[me despedindo do que é preciso

Tomei baques
Foi um dia mais rápido do que eu pensei
E agora não tenho tanta certeza do que sinto
Mas sei que é bem menos que aquilo

Então a fresta de luz, após preenchida,
se torna só uma ação que foi cumprida
logo após uma passagem pra outro corpo

Corporalidade em jogo
Água y Terra aqui de novo
Porta entre os elementos
Concertando-se aos poucos

Reduzir as noções de pureza
Para colher elementos inteiros
Que se fundam em novas receitas
E nos conduzam a outros terrenos.

fertilidade/afetividade

Sinto que a permanência é uma grande nuvem
Que anuncia a tempestade

Tenho medo de não ser possível
Sentir o terreno fértil novamente,
regado pelas gotas da chuva,
logo após ele ter secado

Temo o alagamento inconsequente
E, acima de tudo,
temo a infertilidade que vem no pós
desse alagamento

Sinto um enorme e contínuo desejo
De não plantar de novo

Porém, a terra exige novas mudas
E, para novas mudas,
novos fertilizantes
E tratamentos territoriais

O hormônio me deixou estranha
Eu sempre tive desejo sexual desenvolvido
De maneira muito instantânea
Mas hoje eu estava apenas apática em meio a tudo
Que só era possível a partir do querer do outro

Na real, eu só quis conversa
Quis ver onde aquela antiga continuidade se desmembrava
E adiei o relato só pra que pudéssemos nos sentir
[em experiência

Eu tô "sei lá", sabe?
Querendo muito ficar só
Tenho percebido isso
Querendo muito que
O que não me coloque em voga seja novamente
[o mesmo erro
Nem os acertos eu tô aceitando

Parece que a terra não tá mais pronta pràs mesmas sementes
Nem sequer mudas tá aceitando

Às vezes, só o tempo fertiliza
Às vezes, o produto exige outras usabilidades.

mínimo

Me preocupa muito
Que os detalhes me persigam
E comecem a argumentar comigo
Com sua miudeza inestimável

Eu não consigo deixar de mão os detalhes
Y
Tudo o que restou de você
Foram as memórias de sua pequenez.

Rua Sem Saída

Tenho lidado com a cidade
E percebido os padrões
Tenho buscado maturidade
Pra lidar com minhas menções

Tenho percorrido um caminho escuro
Através do Mapa Ancestral
A prolixidade tem me consumido,
porém as palavras não saem

O sentido é o que se faz
A sensação me retrai
É o medo de amar de novo
E de se entregar pra quem não quer nada mais

Tô sentindo que não teve paz
Tô sabendo até demais
Tão me oferecendo e eu tô negando

Pois, na real, já tô cheia
E meio enjoada dessa repetida
Padronização malsucedida

Talvez eu tenha me visto no jogo
Numa rua sem saída
Os dados só rolam pra frente
E não dá mais pra voltar atrás

Quando cê sabe desenrolar correntes,
não dá pra ficar no cais
Mas sair demora
Mas o mar é escuro

De madrugada, o céu infinito
Me olha e percorre meus canais

Bifurcação

Arte avulsa
Poesia turva
Morte abrupta
Prática e aguda

A minha luta,
por não ser só uma,
faz parte da troca

Vontade de viver em coletivo
Desejo pelo antigo não vivido
O foco é ocupar o que eu consigo
E a mente segue, guiada pelo objetivo

O corpo faz parte
Ideal só atravessa
O movimento é expandir
Chegar em Marte é só a peça

Encabeçar é arte
De somar só o que agrega
Os que sugam já têm nome
E a lista é diversa

Minha mente não dispersa
Mediante o futuro.
O meu foco é na frente,
mas meu papo não é turvo

De presente me alimento
Vivo todo o meu processo
E respeito o meu passado
Como meio de acesso

O corpo faz parte
Ideal só atravessa
O movimento é expandir
Chegar em Marte é só a peça

Com as minhas faço arte
E de nave "nóis" atravessa
Nesse universo somos nômades,
mas não nos sacia só o que resta

Acessamos outra bifurcação
Através do além-mundo
Nos movemos pela missão
De encontrar outros caminhos

Cidade Mar

Me joguei do mais alto que eu pude
Na expectativa de que alguém
Me puxasse antes do impacto

A queda foi longa,
porém senti que o fim
foi um pouco mais rápido

Tentei um pouco mais e,
quando caí, eu gritei
Tão, mas tão alto

Mais uma vez, ela se jogou
De cara em outro asfalto
Pensando que encontraria o mar
Aos pés de outro sobrado

Que gota d'água sobrou ainda neste mundo arrastado?
E o que continua vivo depois de o mar ter secado?

Me vejo outra vez de quatro
Me vejo revivendo o passado
São traumas que me deixam travada
São travas que nem sequer usaram saltos

Você quer,
ou você foi obrigado?
Você me quer,
ou só não quer ser julgado?

A intenção é tão mais ampla
Do que o que é falado

E faz tempo que não vejo sentido em tudo o que me falam
É sempre mais embaixo
Um pouco mais profundo
Não falam o que me agrada
Vomito e, no pós, engulo

TravaTec

A Rua é Atravessada
Pela Feminilidade Marginal
Na América do Sul é Desenvolvida
Uma Tecnologia Descomunal

Dissidência Não é Romance
É Corpo em Palavra
Mas, Antes de Tudo,
É a Palavra que Reverencia o Corpo
Tra - ves - ty
Pós y Pré

Futuro de Base Ancestral

Bioassimilação

Violência da ausência
Ausência de afeto
Ausência de fala
Ausência de si

Tudo se desfaz
Quando a verdade é imposta
Minha vida não está
Aceitando outra proposta

Se a morte é demais,
a pós-morte é o véu
E a verdade é que matando facilmente se encontra o céu

Se o céu é uma mentira e o gênero, construção,
a gente vive nossa vida através da fácil assimilação

fácil assimilação
catastrófica construção
passado em manutenção
preguiça de sair do chão
preguiça de deixar de lado o volver
largar a mão da vida programada
é tudo uma mentira
que vai ser biotecnologicamente alterada

fácil assimilação

kimani

Cynthia da Silva Santos, conhecida artisticamente como Kimani, nasceu em 15 de janeiro de 1993 na cidade de São Paulo, onde atualmente mora na Zona Oeste, Jaguaré. A origem do nome Kimani é africana e seu significado é "alguém que é bela e doce". Publicitária em curso, letrista, mestre de cerimônia, cantora, locutora e *performer*, vai onde mais a palavra lhe permitir ir. Desde 2017, atua nas batalhas de poesia falada – *slam* – e foi assim que conseguiu uma vaga no campeonato internacional *La coupe du monde de slam* (França). Sua escrita e presença protagonizaram campanhas publicitárias com marcas como Nike, Autheentic Feet, Corinthians, Spotify, Bradesco, Globoplay, Telefónica Vivo, entre outras. Também é intérprete do disco autoral nomeado *Fé Refeita.* O *slam* fez de Kimani uma referência na poesia marginal. Emite em seus versos uma mensagem poderosa que estava presa havia muito tempo e vem conquistando ouvidos atentos mundo afora.

Dona de Tudo e de Nada

Toda equivocada era eu, no auge da minha juventude
embriagada dos meus escritos
dona do próprio nariz e da própria caneta
lúcida
Eu cuspia poesias com a facilidade de quem fala asneiras,
[mas eu não falava.
dona de tudo e de que cada palavra que rasgava o peito,
de repente tropecei e caí aos pés de um erê.
crente que sabia o a.b.c
me fu fu,
deu que simplesmente não sabia de nada.
Nem do amor,
nem da vida,
quiçá de costurar sozinha os meus próprios infortúnios
foi cada nó, meu deus
oscilante a cada passo, passo, pindamonhangaba
no domingo do pé de cachimbo
xintia não com X, mas com s.
Fui retomando laços perdidamente empoeirados com a
[criança que um dia eu fui.
E, pasmem,
que ainda era.
dentro.
fundo, tão fundo que só uma sessão de terapia para
[trazer à tona!
e trouxe
de mala e cuia
foi assim que num sofá de psicanálise ela se apresentou
[a mim
kimani que fora cindy, mas cindy que ainda não me conhecia.
toda encolhida, ida, ida
doida, oida, oida
e bem fudida, dida, dida
da cabeça

estava eu aos 27 ou aos 14, ou sei lá quando deu pane
Fiquei doída da cuca e do coração.
– Oi, cindy
E lá estava ela encolhida brincando só, em uma sala cheia
[de brinquedos e ausências.
sozinha.
– Deixa que resolvo sozinha.
fui entendendo que a solitude era mais solidão do que outra
[coisa e só me restava o vácuo.
magrela de tudo, feito bambu que envergou e quebrou
quando o primeiro menino me gritou
cabelo de corda, testa de amolar facão e de dentuça, tuça,
[tuça
assim sem graça feito música de um acorde só.
veja bem
me parece que mesmo eu, depois de 30 anos
as dô de lá vem com a gente
gente com g minúsculo que era criança e virou adulto
[capenga, bambo, rodante feio pião
as dô de lá não me deixa facin assim
que diaxo de ponte é essa?
Que traz de volta a dô de lá que eu ainda não curei aqui.
aponta a ferida que eu não tratei,
para aquele acorde descompassado da carta do tarô que me
[disse que só quando eu olhasse
pra cindy de antes eu seria uma kimani melhor.
masessaporradóinumnívelné?
como vou brincar com o pequeno se nunca brincaram
[comigo?
que meu coração até tem capacidade para amar, mas é capaz
[de não saber fazer isso direito
porque talvez
ninguém tenha me amado direito.

Ana

Se inquietava com o silêncio,
com a dúvida,
com os hiatos
Fora menina suficiente para trançar sozinha os cadarços e
[até querer uns amassos, mas ainda não
[entendia as inconstâncias da vida,
[as negligências do acaso.
das pessoas que estavam longe mesmo estando ao lado.
E o silêncio fazia barulho.
E o silêncio do outro fazia um barulhão de ensurdecer,
[chega fazia dodói.
Os adultos eram difíceis de entender
É que por horas eles pareciam do avesso,
inspiravam confiança, mas transpiravam medo
Sorriam até formar covinhas, mas tinha tanto dodói
[por dentro.
Se encontravam nas curvas das belas moças, mas se perdiam
[com um evento.
E no silêncio Ana ruminava e começou a suspeitar, com seus
[botões de menina sabida,
leonina e destemida, que o medo dos adultos era de dar o
[coração pra quem não soubesse
cuidar direito.

Nina de Ninar

estava tricotando aqui alguns pensamentos-nuvens
só achismos de uma preta quase meio velha
Penso eu
que todo adulto tem questões da infância para lidar.
Todavia
e toda vida,
quando você tem uma criança ao seu redor,
você querendo ou não,
pronto ou não,
ela vai acordar a sua criança interior! ponto.
Então entenda isso como uma oportunidade-espelho.
Olhe, acolha, nine, brinque
Porque talvez seus adultos não tenham olhado para ela,
[ou melhor, para você o suficiente.

Travessuras e Doçuras

Erê tricota a vida com os pés
Pinta e rabisca como quem faz esboço da vida
e quando na minha vida chegou, virou tudo de ponta-cabeça
de ponta-cabeça ele me refez
Ainda ben!

Questão de Fome

Ou a gente alimenta uma criança no mundo
ou o mundo engole ela.

Matri Eu?

eis que eu pari aos 27
menos doído do que me contaram, mais doído do que eu
[supunha, mas pari.
Não de ventre, pari com o coração.
E quem diz que criança só vem do útero não vê bem com o
[coração, ou não bate bem da cabeça mesmo.
E se eu disse que pari, eu pari, ué
e está parido!
eis uma mãe novinha em folha
como bem quis deus
ou aquele pai que foi tudo
menos pai.

Uma Aldeia Ainda É Pouco

uma vez ouvi que é preciso uma aldeia inteira para educar
[uma criança
e pensei "e olha que se pá uma aldeia ainda é pouco".
de nada adianta uma aldeia toda se ela estiver vazia de
[presença.
É um que dá peito, a outra que dá colo
Tem quem dê os nãos que recebeu e quem fale os sins
[que quis ouvir.
É tudo questão de medida, de peso, sabor e ensejo
mas a gente é um tanto de si, outro tanto do outro e o que a
[gente vê no mundo diz mais sobre a
[gente do que sobre o outro.
No fim, tudo é começo e o outro é o nós.

Eita Dô que Desatina sem Doer

queria ter o dom de saber falar de mim pro outro sem
[machucar o outro
porque a brisa do machucado é que eu só firo o outro
[porque me feriram primeiro.

Do Amor Desconectado

acontece que às vezes
É preciso conjugar o verbo "amar"
para o presente contínuo
contínuo do tempo que está sendo aqui, agora.
Porque quem piscou não viu,
quando muito quis postar, perdeu
e aí acontece que, às vezes, só às vezes
É necessário amar mais do que postar.

Eu-borboleta

O corpo é contorno, entorno, forma
Tipo lagarta no casulo, jabuti ou caramujo
Juro que fora da forma eu sou sobra, mas dentro eu
[sou complemento.
— Deus, por que a forma chama mais atenção do que o
[preenchimento?

Logo eu que tenho tantos remendos,
é que a vida às vezes é desassossego
Aí de novo eu me ajeito, deito e habito
O corpo que é só meu, que me cabe.
Não quero castelo, minha ostentação é piscina na laje.
E cabe dentro do meu corpo, entorno, forma
Toda amor-presente, só não amor-esmola.

Você se lembra?
Eu te disse que transbordo pelas beiradas, e não só
[pelo manequim,
pela *legging* que me aperta, testa a paciência.
A malvada que não cabe em mim.
Me dê espaço! Foi pra isso que eu vim.

Então não me aperta, não testa, não me meça.
Eu sou mulher demais pra caber na sua fita métrica
Quero mais números, mais guloseimas, mais festas
Devorar amores, sabores é melhor do que me enquadrar.
Minha fome é daquelas ambiciosas, difícil de saciar.
Talvez se eu amasse menos, comesse menos, mas poxa
[eu só sei somar.

Não sou feita de aço e me sinto
fortaleza, meu corpo é terreno fértil e lamento se o
[teu é aspereza.
E a placa já adverte "Se afaste, estou em obra"
E da forma como me formo ou me amo

ou morro, escolhi me amar tendo em
vista todas as vezes que morri.
é
Eu sou um milagre.

Tons Terrosos, Tons de Nude e Palha

tijolo baiano, verde, tijolo baiano, mato
e o amarelo do sorriso da senhorinha
que fuxica na esquina da avenida principal com a calma de
[quem acabou de nascer, não tem pressa
não corre nem da morte, nem briga com ela
Decerto parece ter aceitado o fluxo do rio
a morte é certa pra quem? se a fofoca tá fresquinha e precisa
[ser entregue.
Trabalhadora da palavra mais que eu.
aqui no interior de um fim qualquer
Você vê o tempo caminhar de bicicleta como o compassado
[de uma dança.
Ciranda da roça deixa o pé vermelho de terra que boy não
[conhece, mas compra.
Lá em são Paulo as pessoas morrem de tanto trabalhar e
[vivem como se já tivessem morrido.
Aqui você sente o gosto da vida, servido numa xícara de café
[fervido na leiteira acinzentada que
[repousa faceira no fogo a lenha
queima a bundinha da danada da chaleira e da mão boba
[que não respeita o tempo
é tão doce.
E olha que eu nem sou dada a café.
Mas eles servem a felicidade com um sorriso de brinde e
[que tola seria eu de recusar.
Não me cobraram a simpatia, retribuo com um punhado de
[dentes rebeldes como os da minha mãe
insistem em saltar antes mesmo do comando.
As palavras engatinham aos poucos da boca dos Prudentes
tem um desenho na fala bem bonito de ouvir
um vaivém de intenções
Parece até que aqui ninguém mata,
ninguém morre,
e, se assim o for,

deve ser de morte morrida, e não de matada como na selva
[de pedras.
O horizonte da janela oferta milhas e milhas de plantio
O que será que plantam com as mãos?
arrisco dizer que
plantam vida.
Daquelas que a gente deixa escapar lá na cidade e não há
[dinheiro que pague.
Mas tamo quitando à prestação.
Fiquei matutando com meus botões de menina sabida que
[aqui meu pai seria mais feliz
sem carro e correria
sem sapato e regalias
sem o asfalto que queima o coração de quem sonha e deixa
[de sonhar pq não tem mais tempo.
Imagina só
Paulinho correndo comigo por essas bandas
uns 4 filhos do ventre,
mais uns 3 cachorros do acaso,
e Deus sabe quantos pássaros viajantes repousariam no
[nosso quintal.
Até quando Deus permitir...
Aqui é tão sem casa,
Tão sem muro
que eu juro que as preces chegam mais rápido pra Deus
entre o sol e o sagrado
existe a imensidão daquilo que a gente traz no peito,
[mas tanta gente esvaziou
porque não tem mais tempo pra viver.

Upa Lelê É Matemática da Vida Adulta

tenho andado tão devagar
na verdade quase parando
meio cansada de sempre contar o que quero dessa vida
meio lesada de viver tanto tempo online me desculpando
[por viver mais que postar
fazer hiato e pausa onde plataformas pagam por constância
mas no final
o que importa mesmo?
os likes ou os abraços?
os incontáveis seguidores que mal se sabe o nome de cor,
[muito menos o sorriso
ou os poucos que cabem no dedo, você sabe o signo e o
[nome de quem desolou o coração no
[último verão.
eu estava lá para pouquíssimos
não estava mais nem aí para a maioria
e a real é que eu nunca liguei para os números mesmo.
Meu negócio é humanas, gatos, crianças... a exata
[só FODE OS MEUS!
ALÔ, ALÔ, SERASA, AQUELE ABRAÇO
quero ser a tia rica de sorrisos, comidinhas e tempero baiano
Ganhar tempo decodificando expressões, decorando
[trejeitos e inventando alguns bordões e
[outros jargões que só minha família vai
[curtir e compartilhar.
vou investir na música
aquela nossa sinfonia melancólica e melosamente romântica
[que só eu e você sabemos de cor
sentir o tempo parar e perder tempo com o que sei fazer
[de melhor
me embriagar de nós dois.

Blá blá blá mi mi mi

Logo cedo ofertei uma oferenda pra senhora dos meus
[caminhos e bem pedi por um cessar
[de lágrimas.
não é que me falte parentes para velar, flores para endereçar
mas só por hoje eu não vou derramar meio pranto sequer.
os corpos vão ter que esperar,
mas os brancos não cessam.
Não nos deixam em paz nem na hora da morte
tão colonial quanto cármico
tão perverso quanto paranoico
o algoz tem olhos azuis-celestes, veste terno marfim, sorri
[enquanto dissolve veneno no dendê e
[não tira o "nigga" da boca.
nos encaixotam em cubículos de 40 metros quadrados
[pagando em troca o preço de
[nossas vidas
sem um troco sequer.
Outros tantos franzinos mendigam atrás dos vidros fumês
[dos carros blindados que não abaixam,
[mas enxergam o que não querem
[verdadeiramente ver.
Pretos-fragmentados-em-surtos-controlados-saboreiam uma-
[-garrafa-deliciosa-de-café-suavemente-
[-adocicado enquanto pesquisam-como-
[-morrer-no-google
E o grito
claro, o grito que morreu entalado na garganta da
[preta-velha ama de leite da sinhazinha
[cecília que sufocou de ódio enquanto
[pedia ajuda, mas ninguém ouviu
malditos seres sem luz, pobres de tudo, menos de dinheiro
recheados de ganância, pó e pasto.
Só eu sei da cor de cada vela que acendi para ressuscitar os
[entes meus das tumbas

missas encomendadas aos montes para dar conta de mil
[hectares de sucumbidos versos hectares
[de Amazônia que queimando mais a cada
[dia cedem mais espaço para as valas para
[mais pobres homenageados por faixas
[com letreiros dourados e reluzente
[escritos "Favela venceu"
quando termina o suplício dos infortunados
quando vem a recompensa dos bem-aventurados
quando Deus vai ouvir o gemido de quem não tem mais voz?
pois bem, se não há sossego, não haverá mais choro
se tenho que enterrar, pela minha mão mais nenhum
[branco-praga nascerá
convido
latinos uni-vos
estendam as mãos com as veias da américa latina e
[veremos as chagas de cristo
curaremos parentes por parentes
água pra quem tem sede
e sede de justiça para quem sabe que no final de tudo
Nós viveremos!

ADÉLIA prado

É professora, filósofa, poeta, romancista e contista, associada ao Modernismo. Nascida em Divinópolis, Minas Gerais, a 13 de dezembro de 1935, é considerada a maior poeta viva do Brasil. Escreveu os primeiros versos em 1950, depois do falecimento precoce da mãe. Começou a lecionar em 1955 e se casou em 1958 com José Assunção de Freitas, com quem teve cinco filhos. Em 1973, enviou seus poemas ao poeta e crítico literário Affonso Romano de Sant'Anna (1937-2025), que os submeteu à apreciação de Carlos Drummond de Andrade (1902-1987). No dia 9 de outubro de 1975, Drummond publicou uma crônica no *Jornal do Brasil* em que chamou a atenção para o trabalho ainda inédito da escritora. Assim, o livro *Bagagem* foi lançado no Rio de Janeiro, em 1976, com a presença de Drummond, Antônio Houaiss, Rachel Jardim, Clarice Lispector, Juscelino Kubitschek, Affonso Romano de Sant'Anna, Nélida Piñon e Alphonsus de Guimaraens Filho, entre outros. Seu segundo livro, *O Coração Disparado* (1978), recebeu o Prêmio Jabuti. Em 1980, dirigiu o grupo teatral amador *Cara e Coragem* na montagem do *Auto da Compadecida*, de Ariano Suassuna (1927-2014). No ano seguinte, ainda sob sua direção, o grupo encenou *A Invasão*, de Dias Gomes (1922-1999). Possui nove obras publicadas de poesia, nove obras em prosa, e tem participação em antologias. No ano seguinte a *Miserere* (2013), seu último livro publicado, foi condecorada pelo governo brasileiro com a Ordem do Mérito Cultural. Em 2024, venceu o Prêmio Machado de Assis e o Prêmio Camões.

Com Licença Poética

Quando nasci um anjo esbelto,
desses que tocam trombeta, anunciou:
vai carregar bandeira.
Cargo muito pesado pra mulher,
esta espécie ainda envergonhada.
Aceito os subterfúgios que me cabem,
sem precisar mentir.
Não sou tão feia que não possa casar,
acho o Rio de Janeiro uma beleza e
ora sim, ora não, creio em parto sem dor.
Mas o que sinto escrevo. Cumpro a sina.
Inauguro linhagens, fundo reinos
— dor não é amargura.
Minha tristeza não tem pedigree,
já a minha vontade de alegria,
sua raiz vai ao meu mil avô.
Vai ser coxo na vida é maldição pra homem.
Mulher é desdobrável. Eu sou.

Bairro

O rapaz acabou de almoçar
e palita os dentes na coberta.
O passarinho recisca e joga no cabelo do moço
excremento e casca de alpiste.
Eu acho feio palitar os dentes,
o rapaz só tem escola primária
e fala errado que arranha.
Mas tem um quadril de homem tão sedutor
que eu fico amando ele perdidamente.
Rapaz desses
gosta muito de comer ligeiro:
bife com arroz, rodela de tomate
e ir no cinema com aquela cara de invencível fraqueza
para os pecados capitais.
Me põe tão íntima, simples,
tão à flor da pele o amor,
o samba-canção,
o fato de que vamos morrer
e como é bom a geladeira,
o crucifixo que mamãe lhe deu,
o cordão de ouro sobre o frágil peito
que.
Ele esgravata os dentes com o palito,
esgravata é meu coração de cadela.

Dolores

Hoje me deu tristeza,
sofri três tipos de medo
acrescidos do fato irreversível:
não sou mais jovem.
Discuti política, feminismo,
a pertinência da reforma penal,
mas ao fim dos assuntos
tirava do bolso meu caquinho de espelho
e enchia os olhos de lágrimas: não sou mais jovem.
As ciências não me deram socorro,
nem tenho por definitivo consolo
o respeito dos moços.
Fui no Livro Sagrado
buscar perdão pra minha carne soberba
e lá estava escrito:
"Foi pela fé que também Sara, apesar da idade avançada,
se tornou capaz de ter uma descendência..."
Se alguém me fixasse, insisti ainda,
num quadro, numa poesia...
e fossem objeto de beleza os meus músculos frouxos...
Mas não quero. Exijo a sorte comum das mulheres nos
[tanques,
das que jamais verão seu nome impresso e, no entanto,
sustentam os pilares do mundo, porque mesmo viúvas
[dignas
não recusam casamento, antes acham o sexo agradável,
condição para a normal alegria de amarrar uma tira no
[cabelo
e varrer a casa de manhã.
Uma tal esperança imploro a Deus.

Contra o Muro

Pulou no rio a menina
cuja mãe não disse: minha filha.
Me consola, moço.
Fala uma frase, feita com meu nome,
para que ardam os crisântemos
e eu tenha um feliz natal!
Me ama. Os homens de nucas magras
furam os toucinhos com o dedo,
levantam as mantas de carne
e pedem um quilo de sebo.
Toca minha mão.
Quem fez o amor não vazará meus olhos
porque busco a alegria.
A vida não vale nada,
por isso gastei meus bens,
fiz um grande banquete e este vestido.
Olha-me para que ardam os crisântemos
e morra a puta
que pariu minha tristeza.

Tempo

A mim que desde a infância venho vindo
como se o meu destino
fosse o exato destino de uma estrela
apelam incríveis coisas:
pintar as unhas, descobrir a nuca,
piscar os olhos, beber.
Tomo o nome de Deus num vão.
Descobri que a seu tempo
vão me chorar e esquecer.
Vinte anos mais vinte é o que tenho,
mulher ocidental que se fosse homem
amaria chamar-se Eliud Jonathan.
Neste exato momento do dia vinte de julho
de mil novecentos e setenta e seis,
o céu é bruma, está frio, estou feia,
acabo de receber um beijo pelo correio.
Quarenta anos: não quero faca nem queijo.
Quero a fome.

Casamento

Há mulheres que dizem:
Meu marido, se quiser pescar, pesque,
mas que limpe os peixes.
Eu não. A qualquer hora da noite me levanto,
ajudo a escamar, abrir, retalhar e salgar.
É tão bom, só a gente sozinhos na cozinha,
de vez em quando os cotovelos se esbarram
ele fala coisas como 'este foi difícil',
'prateou no ar dando rabanadas'
e faz o gesto com a mão.
O silêncio de quando nos vimos a primeira vez
atravessa a cozinha como um rio profundo.
Por fim, os peixes na travessa,
vamos dormir.
Coisas prateadas espocam:
somos noivo e noiva.

A Transladação do Corpo

Eu amava o amor
e esperava-o sob árvores,
virgem entre lírios. Não prevariquei.
Hoje percebo em que fogueira equívoca
padeci meus tormentos.
A mesma em que padeceram
as mulheres duras que me precederam.
E não eram demônios o que me punha um halo
e provocava o furor de minha mãe.
Minha mãe morta,
minha pobre mãe,
tal qual mortalha seu vestido de noiva
e nem era preciso ser tão pálida
e nem salvava ser tão comedida.
Foi tudo um erro, cinza
o que se apregoou como um tesouro.
O que tinha na caixa era nada.
A alma, sim, era turva
e ninguém via.

Pedido de Adoção

Estou com muita saudade
de ter mãe,
pele vincada,
cabelos para trás,
os dedos cheios de nós,
tão velha,
quase podendo ser a mãe de Deus
– não fosse tão pecadora.
Mas esta velha sou eu,
minha mãe morreu moça,
os olhos cheios de brilho,
a cara cheia de susto.
Ó meu Deus, pensava
que só de crianças se falava:
as órfãs.

A Diva

Vamos ao teatro, Maria José?
Quem me dera,
desmanchei em rosca quinze quilos de farinha,
tou podre. Outro dia a gente vamos.
Falou meio triste, culpada,
e um pouco alegre por recusar com orgulho.
TEATRO! Disse no espelho.
TEATRO! Mais alto, desgrenhada.
TEATRO! E os cacos voaram
sem nenhum aplauso.
Perfeita.

Rute no Campo

No quarto pequeno
onde o amor não pode nem gemer
admiro minhas lágrimas no espelho, sou humana,
quero o carinho que à ovelha mais fraca se dispensa.
Não parecem ser meus meus pensamentos.
Alguns versos restam inaproveitáveis,
belos como relíquias de ouro velho quebrado,
esquecidas no campo à sorte de quem as respigue.
A nudez apazigua porque o corpo é inocente,
só quer comer, casar, só pensa em núpcias,
comida quente na mesa comprida,
pois sente fome, fome, muita fome.

Mulheres

Ainda me restam coisas
mais potentes que hormônios.
Tenho um teclado e cito com elegância
Os Maias, A Civilização Asteca.
Falo alto, às vezes, para testar a potência,
afastar as línguas de trapo me avisando da velhice:
'Como estás bem!'
Aos trinta anos tinha vergonha de parecer jovenzinha,
idade hoje em que as mulheres ainda maravilhosas se
[processam
ácidas e perfeitas como a legumes no vinagre.
De qualquer modo, se o mundo acabar
a culpa é nossa.

Senha

Eu sou uma mulher sem nenhum mel
eu não tenho um colírio nem um chá
tento a rosa de seda sobre o muro
minha raiz comendo esterco e chão.
Quero a macia flor desabrochada
irado polvo cego é meu carinho.
Eu quero ser chamada rosa e flor
eu vou gerar um cacto sem espinho.

Briga no Beco

Encontrei meu marido às três horas da tarde
com uma loura oxidada.
Tomavam guaraná e riam, os desavergonhados.
Ataquei-os por trás com mão e palavras
que nunca suspeitei conhecer.
Voaram três dentes e gritei, esmurrei-os e gritei,
gritei meu urro, a torrente de impropérios.
Ajuntou gente, escureceu o sol,
a poeira adensou como cortina.
Ele me pegava nos braços, nas pernas, na cintura,
sem me reter, peixe-piranha, bicho pior, fêmea-ofendida,
[uivava.
Gritei, gritei, gritei, até a cratera exaurir-se.
Quando não pude mais fiquei rígida,
as mãos na garganta dele, nós dois petrificados,
eu sem tocar o chão. Quando abri os olhos,
as mulheres abriam alas, me tocando, me pedindo graças.
Desde então faço milagres.

SARA kali

Sara Macêdo, conhecida artisticamente como Sara Kali, nasceu em 22 de agosto de 1995, em Morrinhos, Goiás. Cigana da etnia Calon, é ativista pelo *Coletivo Ciganagens.* Formou-se em Direito e, em 2021, obteve mestrado em Direito Agrário pela Universidade Federal de Goiás (UFG). Durante seus estudos, realizou pesquisa e pôde participar de atividades junto a povos assentados pela reforma agrária no país. O tema da pesquisa foi massacre e violência no campo contra populações tradicionais, com artigos e dissertação publicados. É bailarina profissional de dança do ventre e atua em danças tradicionais de seu próprio povo. É escritora e participou da edição *Feminismos Dissidentes, Perspectivas Interseccionais* (2021), em que debate o movimento de mulheres ciganas no planeta. Será a segunda vez que se aventura na publicação de poesias, tendo seu lançamento ocorrido na coletânea de poemas da poeta goiana Sinvaline Pinheiro.

It Wasn't Love, It Was Unpaid Labor*

"I love you", you said to me in the beginning.
With you, I thought I could speak freely about my heart.
Never retreating, never surrendering, like every song says.
In popular culture, love lives in the realm of battle and
[fantasy.
Could it be beautiful?
I hoped, for our sake, that it wasn't just whimsy.
The dictionary defines love by its romantic edges:
Love (noun),
Not a verb.
Only one love for one's whole life.
Could that be real? One love, one marriage, one
[endless fight?
I'm being reduced to that one thing.
This love made me care for you, like the "flame" in
[that song.
Enough.
I quit.
But this popular culture still haunts me.
What the hell kind of culture is that for me?
I was Roma, a free spirit, before.
What's happening?
You think you're useless because love brought you here.
That song, I cannot listen to it again.
Love became a job.
You think he belongs to you because you want to belong
[to him.
Is everything socially constructed... except love?
I took care of him, but no one is taking care of me.
They say "women's work" is where we find devotion.
Like many men, he wanted a woman "like Mom,"
So he wouldn't have to do the work of growing up.
Sustaining love was work for me.

From a young age, you learn that telling the truth
[causes pain.
But that kind of stupid resilience is getting old.
You taught me how to lie, consistently.
The love the songs taught me was tied to duty and obligation
A free responsibility,
Without dignity.
The everyday production of hegemonic meaning
Taught me to invest in love
But never in self-love
A business investment
That became an object of labor
But I learned
It wasn't love.
It was unpaid labor.

– For my dear cousins of *The Feminist Collective of Romani Gender Experts*

*Não Era Amor, Era Trabalho Não Remunerado

"Eu amo você", você me disse no início.
Com você, eu pensei que poderia falar livremente sobre o
[meu coração.
Nunca me entregando, nunca me rendendo, como toda
[canção diz.
Na cultura popular, o amor pertence ao reino da luta e da
[fantasia.
Poderia ser bonito?
Eu esperancei, por nosso bem, que isso não fosse somente
[um capricho.
O dicionário define amor por suas arestas românticas:
Amor (substantivo),
Não um verbo
Um único amor para toda uma vida.
Poderia ser real? Um amor, um casamento, uma luta sem
[fim?
Estou sendo reduzida a essa única coisa.
Esse amor me fez cuidar de você, como o "fogo" naquela
[canção.
Já basta.
Eu desisto.
Mas essa cultura popular continua a me perseguir.
Que inferno de cultura isso é pra mim?
Eu era uma cigana, um espírito livre, antes.
O que está acontecendo?
Você pensa que é imprestável porque o amor te trouxe aqui.
Aquela canção, eu não consigo escutar de novo.
O amor se tornou um trabalho
Você pensa que ele pertence a você porque você quer
[pertencer a ele.
É tudo construído socialmente... exceto o amor?
Eu cuidei dele, mas ninguém está cuidando de mim
Eles dizem que o "trabalho de mulher" é onde
[encontramos devoção

Como muitos homens, ele queria uma mulher "como sua
[mãe"
Para então não ter o trabalho de crescer.
Sustentar o amor era um trabalho para mim.
Desde pequena, você aprende que dizer a verdade causa dor.
Mas essa estúpida resiliência está ficando velha.
Você me ensinou como mentir, persistentemente.
O amor que as canções me contaram estava amarrado ao
[dever e à obrigação
A responsabilidade plena,
Sem dignidade.
A produção de todos os dias de seu significado hegemônico
Me ensinou a investir no amor
Mas nunca no amor-próprio
Um investimento comercial
Que se transformou num objeto de trabalho
Mas eu aprendi
Não era amor.
Era trabalho não remunerado.

– Para minhas queridas primas do *Coletivo Feminista Romani de Experts de Gênero*

Jura de Amor Chibiana[15]

Mistoe te camelo, te dandinho
Mencha tunsha unga lachon
Duvir unga calon
Duvir unga chandon
Duvir unga sila, de maron gau da drom

O driau que prastanha apalén de quere
pirinha como tunsha
Juralon, guin, chinurrin
com bute butisila
Duvir por oi que naca te muquinharia

Ale maron mistoe unga bi niscudá
Como grâne no brichindon, bina em arroia
Tunsha unga bravalon
Êqui bravalon que menga aistirdo siala
Siala laje unga o ungalachin da buchin do mistoe

Camêla naca aistirda unga stardoll
Duvir naca rabicar nunsiale o mistoe
Ale, jekto, naca mirinhar em rabique
Marin ruin camela mistoe, marin mistoe
Maron trais unga naca mistoar os suvinhás

Trasalita maron mistoe
Divinhe diquinhar menga na vudare do jivéis
Duvir raiar com marin purin no dispandinar do ditrasalíta
O granê que maron puron roeu naca siala achinhar candela
[em maron gilô
Duvir calin, a drom unga baron, ach ardor lachon unga barin

---

15 Devido a uma pactuação interna da comunidade para autoproteção, não traduzo a língua falada entre os Calon no Brasil. Os ciganos foram perseguidos em diversas ocasiões ao longo da história.

Duvir de Mistoe da Memória

Dizem que nossa cabeça nos ensina a viver
É interessante a pedagogia: perguntar, escutar e esquecer
Gosto de aprender com o exemplo do outro
Meu irmão passarinho caiu; eu não vou cair também
Água, que passa no rio e curva a pedra, me ensina a obedecer

Assim como a palavra bagunça é totalmente cigana
Detesto as amenidades de uma vida pouco humana
Amo a vida marinha, o tempo de as baleias terem filhotes
O sol não parece quente pelo vento das ondas e da água
[de coco
Até as estrelas-do-mar choraram com esta vida mundana

Pretendente surpresa é uma estrada com rio na beira
Gravada nas entrelinhas da memória como um dia
[não produtivo
Seriema gritando ao longe suas demandas do dia
Cabeça colada no pescoço do cavalo acompanha
[sua respiração
Um trotar lento que acompanha meu complexo compassivo

Não quero fazer história, quero ficar na memória
Quero ser conto de tradição, borboleta de individualidade
Cerimônia de felicidade, diversidade, heterogeneidade
Quero ser esquecida pela vitória
Não me contento; insatisfeita, sou prima da alteridade

Lace Dromi É uma Borboleta que Vem me Ver

A dinâmica da existência em diáspora
Você muda muito quando se muda muito
O que brilha (*lace dromi*) realmente se trata de outra coisa,
[outra matéria...
Não é mitologia ter uma tradição de ancestralidade
Gosto de tratar minhas heranças com bondade
Ressignificar a estrada dos meus avós até aqui...
Toda entidade mais velha me conta de cerimônias tão bonitas
Que triste seria o mundo sem esses rituais de senioridade
Não existe comunidade de um indivíduo só!
Mesmo que reste apenas um corpo físico sozinho, sempre
[haverá uma estrada comunitária que
[pisou naquele chão...
Oxalá, como tenho saudades das mesmas histórias repetidas
[de minha tia-avó
É muito mais do que sangue
É pertencimento e vivência circular
Teia dos povos em alquimia milenar
Se eu me comportar bem, poderei ser *lace dromi* quando
[morrer — diz minha tia.
Será que em morte também serei vida?
É profundamente triste pensar num mundo que não tem
[tempo para os seus mais velhos
Sina terrível de um mundo com poucos jardins de *lace dromi*
Quem não cultiva lagartas não pode aguardar borboletas
Hegemonia de uma sociedade obsoleta

Um Conto no Limiar do Anonimato

Estratégia de sobrevivência cigana é saber onde acampar
Onde ocupar
Onde viver, se sitiar
Fazer um novelo de lã no tear do limiar

Tu não és sem esperança
Tua inocência não foi roubada nem sequestrada
Teus modos são fruto de diversas andanças
Não houve nenhuma sentença em sua vida que foi promulgada

As estrelas no céu do esquecimento
Tão bom ser esquecida, desimportante
É dito que nossa sociedade valoriza a história
Mas nunca condecorou a memória

Persevero no silêncio da expressão que já contou tudo
No suspiro avistado por detrás da respiração
Palavra gritada escrita na pedra
Promessa gravada na madeira

Camêla

Os troncos retorcidos das árvores do quintal que cresci
O milho que grana após três meses contínuos de chuva
As cigarras
A abelha da flor do maracujá
Jardim bagunçado de flores
Quintal não ornamental
Cajá-manga
Bandeirinha de São João
Purpurina corporal
Pé no chão na terra batida
Contos e causos
Cheirar lima-de-bico
Vizinhança sem muros
O trecho não criminalizado
Comida sem veneno
Fogueira de madeira de tiração
Tranças com moedas de ouro
Geleia de pimenta
A dignidade da soberania de escolher o que comer
Uma pamonha feita no fogão a lenha
E um bom juízo

Unga Rabique Ach Ardor Lachon

Os riscos da amarelinha que jogava na casa de minha avó
Tento guardar na memória o essencial não mais visível
Minha dai me diz que tenho memória preconcebida
Não me foram dadas muitas escolhas na vida
Penso que posso escolher o que guardar em contrapartida

Banhar na represa artificial nas terras do vizinho sem roupa
[alguma
O medo e a vergonha não passavam muito pela cabeça das
[primas
Esconder no meio da saroba assim que escutavam gritos ao
[longe
Éramos mais espertas que qualquer menino
Tínhamos tanto prazer clandestino

Os primeiros beijos no vilarejo vizinho
Com pouca idade já ensaiamos não depender do
[gênero masculino
Eles fingiam que enganavam e a gente não fingia
[que acreditava
Descobrir os toques que gostávamos
Simplicidade boa que usufruímos

O parquinho e viveiro mágico dos porcos naquela roça
Sempre imaginava aquele como um mundo à parte
Me deu tantas vontades de virar bicho quando pequena
Minhas primas ririam com este relato
Mas sempre me senti como um animal inato

Flores de Cimento

Ao ver qualquer quintal de concreto, meu sonho é quebrá-lo
Mania ingrata desse novo mundo de amar essa mistura
[com areia
Vontade tamanha de usar um martelo para romper
[essa superfície
Ocupar com árvores e flores, que antes ocupavam
[vasos de cimento

A chuva não pode penetrar um território de argamassa
Os seres que moram dentro da terra ficam com dificuldade
[no banho
Meu avô me contou que no seu tempo havia uma fauna
[particular
Insetos que lhe contavam fofocas da terra
Ontem ele me contou que faz tempo que não há orvalho
Nem sereno pela manhã aqui no Cerrado
Quando criança, no roçado, a calça chegava a ficar molhada
Até o joelho de tanto serenado
Um serenado que a gente imagina que só vem do céu
E que ameniza bastante este clima desértico dos meses sem
[chuva que se tornou o Centro-Oeste
Ele também me contou o porquê
Ele me disse que, com tanto veneno sendo utilizado no plantio,
matando cigarra, piolho-de-cobra, minhocas e outros bichos
[da terra
Bichos que areiam a terra
Ela parou de fazer trocas com o céu
E de produzir esse orvalho
Ele encerrou contando que a terra é como nós
Precisa ser areada para poder respirar

Eu em Primeira Pessoa

Um pouquinho de escrita todos os dias
Não é resolução, é uma sublimação
De um ente errante em consternação
Insatisfeita com suas cercanias

O reduto da poeta é escrever em primeira pessoa
Desejo do cientista preso em amarras de descrença
[e piromania
A terceira pessoa parece morar em Marte
Planeta escolhido pelos mais descrentes capitalistas

Paráfrase de encontro ao que verdadeiramente está dentro
Está conjugado pela primeira pessoa do singular
Eu menina em indecisão com os desejos
Eu adulta em indisposição com os deveres

Palavra de poeta é coisa de cigana
Costume de povo que foi espelhado pela liberdade
Etimologia que deveria ser reinventada pelo próprio povo
[por decreto
Sem espaço para que maldizeres hegemônicos nos ditem o
[que é correto

Que Não Falam Idiomas, Falam Dialetos

Galeano disse-me que os ninguém não têm o direito nem à
[própria língua
Que a mentira e a dissimulação são seu dialeto
Sua língua materna não existe, não foi grafada
Foi apagada
O memorial disse que só tinha oralidade
Um dispêndio na era da doutrina da aura grafada
Contra aqueles que não falam línguas, mas têm procedência
Dessa vivência desapegada dos conceitos de nação
Povo rendido sem vontade de lutar pela pátria
Um cercamento imaginário para delimitar diferença
Em desfavor dos seres embutidos de folclore
Marcadores das páginas de notícias policiais sem aprimore[16]
Com dentes de ouro a soar sua animalidade
Dizendo palavras classificadas pelo juiz como delírio
Com tradições embotadas de exotismo
Que dizem viver pelo bel hedonismo
Herdeiros do maldito e do maldizer
Sem rosto e sem sexualidade, apenas leviandades
Que roubaram a pureza da história única
Mentira sufocante desleal desalmada.

16 Requinte.

Luciana, Vai Viver

Que o conforto do conhecido não limite tua coragem
O tempo é uma invenção dos criadores de fronteiras
Daqueles que fazem ampulheta de areia sobre teus
[grandes feitos
Vai viver enquanto tu tens jeito

A rotina dos dias mornos é um conforto
Morno é uma temperatura agradável para quem passou
[muitos dias gelados
Os ursos do extremo norte do mundo sonham em não sair
[do gelo
Portanto, vai viver enquanto tu tens jeito

O silêncio do sagrado te faz possuir uma jornada
A reconstrução de dias destruídos é nutrida nessa estrada
O profano inventou o sagrado, assim como suas datas
[festejadas
Por isso, vai viver enquanto tu tens jeito

Tua completude pode se disfarçar de vagareza
Mas tu amaste aquele dia o olho da aventura
Não esconda teu olhar por medo da constrição social
Refletir, vai viver enquanto tu tens jeito

Não há só remorso pelo passado
Consegui ver a vida sem essa ambivalência louca
Não te preocupes com a culpa que não alimenta a mesa
Vai viver enquanto tu tens jeito

A vida não será perfeita
Mas será sempre honesta
Se tivermos honra por nossos desejos

Rio

Rio da dor que não me ensinou nada
Não me nutriu, não me tocou, não me deu a mão na estrada
O córrego que passa na minha comunidade me contou como
[não bater nas pedras
Não segure feito lodo no tronco da vida
Suas andanças merecem o peito de um espírito livre
Suas saias fazem voar suas amadas aventuras
Quem deseja conhecer o mundo não pode se atolar nas
[areias do caminho
Sacrifício e penitência não são meus amigos
Gosto mais da minha amiga perseverança
Ela me ensinou a viver sem valorizar cicatrizes
Que não me renderiam nenhum tijolo
Nem vagareza da estabilidade dos jabutis

A nascente desse pequeno rio me conta da honestidade
Do verdadeiro coração das águas
Arranchar barraca contra o vento é despropósito
Encontrar pistas no tempo exige o alento da lentidão
Cada detalhe no seu tempo, já alertavam
Sabedoria demais não atenta a correria
Sonho em me jogar no rio do fluxo infinito
Abraçar somente minhas delicadezas
E atentar contra toda forma de crueldade

O Dia Já Envelheceu Minha Lachin

Os sentidos das coisas carregam o peso das coisas que
[a gente vive
Manoel, não se estarreça, honro suas histórias sendo amiga
[dos insetos
A criança em mim ainda quer brincar de ser adulta
Nunca de verdade, sempre na malandragem
Entendo que sou fogo, faz tempo
Vejo o entardecer como se olhasse para mim mesma
Espelho refletido não invertido
Bem encarada
Quero ser colecionadora de momentos
Assim como minha mãe planta flores até nos sapatos
Enferrujada como um tronco do Cerrado
Que se refaz a cada nova temporada de chuva
Recaminho com minhas novas asas
Sempre pontual para os amores do dia
Um pandeiro ao fundo marca o meu compasso
Alegro-me quando piso certo no momento da dança
Revejo as pessoas do ontem
Não tenho arrependimentos
Entro em casa quando a noite nasce
Nos olhos da minha *lachin* envelhecida

tupinambá

RENATA MACHADO

Nascida em Niterói, Rio de Janeiro, em 25 de julho de 1989, seu nome em tupi é Aratykyra. É jornalista, multiartista, roteirista, curadora e poeta. Atua desde 2005 na difusão das culturas indígenas com projetos pioneiros em etnocomunicação, música, artes, cinema, entre outros. Participou de publicações coletivas como *As 29 Poetas Hoje* (2021) e também de trabalhos de poesia sonora e *dub poetry*. Participou da exposição *Pelas Águas* (2025), do Museu de Arte Moderna do Rio de Janeiro (MAM Rio), com a instalação sonora e poética em Tupi Antigo, *Tekobé*. É uma das criadoras do *Slam Coalkan*, parceria indígena mundial de *slam*, da Festa Literária das Periferias (Flup). Em 2019, coidealizou e curou o primeiro festival de música indígena contemporânea do Brasil. Foi curadora adjunta do Museu de Arte de São Paulo (MASP) da exposição *Histórias Indígenas*. Criou a série de entrevistas *Originárias* e faz parte da Rede Audiovisual de Mulheres Indígenas. Integra o Útero Amotara Zabelê, laboratório de desenvolvimento humano no território Tupinambá da Bahia. Em 2024, através da Originárias Produções, foi uma das idealizadoras, curadora e diretora geral do Guanabara Pyranga, encontro de culturas da Guanabara.

Xe Tupinambá Kunhã[17]

Tupinambá é árvore antiga de pé
pura fé na terra, força das águas do mar
raiz que nem motosserra pode cortar
O que dirá matar
a semente germinou
fez brotar
e o povo renascer
crescer das cinzas
as folhas de jurema
curaram as nossas feridas
as cicatrizes são as marcas da guerra
nenhum Anhanguera pode o povo unido derrotar
Para o chão tremer vou cantar
Com a força das águas do mar que todo mal podem levar
Para o chão tremer vou cantar
Com a força das águas do mar que todo mal podem levar
Para o chão tremer vou cantar
Com a força das águas do mar que todo mal podem levar

17 Eu Mulher Tupinambá.

Semente

A queda do céu
Não escolhe o réu
Cai no asfalto
Para quem é refém do palco
É preciso dar um salto
Olhar do alto em horizontal
Me elevo
quero te levar para a atmosfera
Para encontrar o útero da terra
Faço meu toré nas estrelas
Na morada dos meus ancestrais [carrego todos]
Aqui jaz a semente para quebrar o cimento da cidade
Sagacidade é quem encontra a natureza janela para
[a liberdade

Todo dia é fim do mundo na selva urbana de valores
[individuais em instintos capitais
Resistência é dom para quem sabe sonhar no mar pronto
[para ficar sem fôlego e pode respirar
Uma criança some sempre que uma verdade é morta
Quem não sonha não possui esperança
Quem não tem esperança não sonha
Estou expondo a dialética dessa dramaturgia fria
Taças de champanhe escondem a sangria do povo que sente
[fome na mesa vazia e come migalhas no
[lixo da desigualdade

So ci e dade

Palavras separadas para quem vive na individualidade
A chuva limpa tudo mas não corações sujos de fumaça
O homem lobo de outro homem fica cego pela própria
[desgraça
Paredes desbotadas pela dor ficam sem cor
Os afetos movem as estruturas e levam além

Me elevo
quero te levar para a atmosfera
Para encontrar o útero da terra
Faço meu toré nas estrelas
Na morada dos meus ancestrais [carrego todos]
coletividade palavra-chave
Aqui jaz a semente para quebrar o cimento na cidade.

Direito da Natureza

Não quero o receptáculo do fetiche de olhares civilizados
Sob nossos corpos pluriétnicos
Sob nossas peles multiculturais
Sob nossos sonhos
Sob o ar que respiramos
Sob nosso mistério e silêncio dos encantados
Não quero o topo da cadeia alimentar das máquinas
[humanas caçadoras de likes e seguidores
[a qualquer custo
Nem entrar no jogo dos valores individuais de instintos
[capitais em fome de pão romano
Não quero o topo do estrelato
Meu único palco é efeito de estrelas
Sou parte de uma constelação
Quero alcançar o sol da liberdade em raios fúlgidos
e em uma natureza gigante ver a imagem do Cruzeiro
[resplandecer.
Natureza que o Brasil não me deixa ver
Na floresta que o Brasil não me deixa ser
No bem-viver que o Brasil não nos deixa ter
Vivendo uma vida originária sendo quem o Brasil
[não nos deixa
não deixa, não deixa, não deixa, mas somos e seremos nem
[que as águas tenham que engolir esse
[mundo pequeno segregado em classes
[sociais e alimentado em desigualdades
E a humanidade aprenda que o único direito é da natureza.

Encantaria

O que chamam de arte é encantaria para tecer em linhas
[ancestrais o sonho mais bonito dos
[nossos avós

É o grito que nunca podemos gritar

É o sangue não estancado que corre por nossa pele e que
[precisa coagular

É a riqueza das nossas culturas que ouro e prata não podem
[comprar

É o invisível que não está dentro nem fora, mas aqui e agora

Pulsa por todos os lados para que outros céus se tornem
[visíveis em uma dança cósmica que
possa revelar mundos que não querem ver

Que cai do céu feito pela fumaça da poluição que não
[os deixa ver todos os outros que
pulsam sendo base a base que o sustenta.

Yandê*

yandê y
yandê yby
yandê ybytu
yandê ybaka

*Você

Você água
Você terra
Você vento
Você céu

Xe[18]

Não limito o horizonte
sou a água da fonte
o estalo do fogo
a semente do sol
a criança escondida
vendo os corpos carregados no lençol
balas parecem vagalumes no escuro
mas como fantasmas atravessam o muro
a roupa
a pele
arrancam os rostos
todos em seus postos
até os ossos ficam expostos
Para quem o remédio é a terra
Aprendeu que na guerra no final todos caem.

---

18 Eu.

Meu Sangue É Pyranga[19]

Meu sangue é *pyranga*, vivo para pegar fogo.
Meu sangue é *pyranga*, vivo para pegar fogo.
Meu sangue é *pyranga*, vivo para pegar fogo.

Os céus eram olhos que refletiam antigos mundos.
A humanidade acorrentada no calabouço de suas
cavernas estava dispersa das oferendas celestes.

Os selfies que não penetram essências como
poderiam contemplar o infinito das suas existências?
Era uma questão de inverter a forma de observar.
Faço minha leitura de mundo com raízes.
O fluir da vida é simples, forte mas extremamente frágil.
Eu tenho afeição pela delicadeza das coisas do mundo, é
[meu banho para limpar toda sujeira e
[sofrimento, o sangue que corre nas
[calçadas, todos aqueles tiros na
[madrugada, rostos passam como em
[uma ciranda de fotograma.
Ainda lembro do vermelho no chão, aquilo que não podia
[mudar, estava impresso para sempre
[como em uma fotografia antiga. Uma
[recordação eterna da dor que os homens
[causam uns aos outros. A chaga aberta
[da humanidade, a ferida sem cicatrização.

Aprendi a olhar o mundo não lendo livros mas *ybyra*, árvore,
[meu olhar é direto no tronco, sentindo
[com as mãos todos os grãos da *yby*, a terra.
Conheci o próprio caos que criaram os homens para si na
[negligência de cada esquina sem
[compaixão e falta de misericórdia mas
[ainda sim sonhavam com milagres.

19 Meu Sangue É Vermelho.

A vida passa por nós como um cavalo selvagem na beira
[do mar, sem rumo e livre.
Toda fúria guardada concentrada na intensa vontade
[de correr em desertos vazios.

Céu é água para lavar nossos olhos.
Céu é água para lavar nossos olhos.
Céu é água para lavar nossos olhos.

ARA KUNHÃ[20]

CONSCIÊNCIA NÃO SE VENDE
NÃO SE RENDE
DESPERTA E COM LUCIDEZ ASCENDE
EMPRESAS QUEREM PRIVATIZAR O AR E A ÁGUA
PENSAM QUE PODEM NOS ASFIXIAR, ABAFAR
[E SUFOCAR
MENINAS ROUBAR, VIOLENTAR, O LEGADO DO
[PATRIARCADO NÃO VAI NOS
[DERRUBAR.

20 MULHER DIA.

Kuarasy Atã[21]

Eclipse solar hino lunar para aprender a voar no mar.
A cada respiração encantaria da vida conecta todos os seres,
nesse momento o coração não é apenas nosso mas de
[toda a terra.
Carinho é luz saindo pelas mãos,
sol da nossa palma compartilhado com outras palmas.
Atravesso o tempo na noite.
Eu sou apenas o vento que dança nas folhas, levanta poeira
[pelas ruas e vibra na água.
Invisível que em tudo se faz visível.

21 Sol Forte.

Cosmopensamento

Pés na terra, ciência no cosmo e coração girando no ar
[para não perdermos nosso caminhar.

A natureza é o que existe em infinitas expressões.

Recebemos apenas o que plantamos e com ela
[compartilhamos.

Ela é uma corrente de água cristalina transparente em uma
[ilha ou um tornado cinza cheio de raios
[arrastando tudo.

Cantar e dançar é um diálogo entre mundos, não um teatro
[cultural demonstrativo.

É sentimento, ação, pensamento. Tudo que geram com suas
[teias volta para cada um. Saudamos a
[força das águas que protegem e
[amparam – ensinam estrelas
[nadar no mar.

Airumã[22]

Canto para minha alcateia estelar
Meu corpo quebra em contato com a matéria
não existe disfarce
para quem é feito de emoção
Carrego afeto no carinho que escorre das minhas mãos.

22 Estrela d'Alva.

Jacy Guata[23]

Regressamos ao ventre da terra protegidos pelas águas a
[cada respirar profundo.
Com os olhos fechados o mundo é desnudo em quatro
[esferas.
Palavras bonitas não podem salvar sua primavera,
tudo alimenta o abismo que torna escura a visão do cego.
Para abrir os olhos é preciso dissecar o ego.
Natureza é alquimia para os iniciados na leitura da
[Lua e em palavras do Sol.

23 Lua Caminho (caminho da Lua).

Xe Ang Tatá*

Tatá anga Tupinambá

Tatá anga Tupinambá

Tatá anga Tupinambá

Tatá anga Tupinambá

*Eu Espírito de Fogo

Tupinambá espírito de fogo

Tupinambá espírito de fogo

Tupinambá espírito de fogo

Tupinambá espírito de fogo

MÁRCIA mura

ORGANIZADORA

É educadora, pesquisadora, oralista da perspectiva indígena, escritora e doutora em História Social pela Universidade de São Paulo (USP). Nascida em Porto Velho, Rondônia, a 24 de agosto de 1974, é filha do rio Madeira — antigo Iruri —, rio de memória Mura. Pratica a pedagogia da afirmação indígena a partir das aprendizagens vivenciadas no território, do caminho das águas pelos rios de memórias e das vivências indígenas. Faz uso da atuação na academia, nas escolas, na música, no cinema, na literatura e história indígenas como ferramenta de luta. Atua como educadora e ao mesmo tempo aprendiz nos territórios em reivindicação e demarcados, nas reservas extrativistas, nos antigos seringais, nas localidades ribeirinhas e na cidade. Em 2010, foi contemplada com o prêmio de intercâmbio cultural pelo Ministério da Cultura. É autora dos livros *O Espaço Lembrado: Experiências de vida em seringais da Amazônia* (2013), *O Curumim do Rio do Machado* (2021) e *Tecendo Fios de Memórias Mura e de Outros parentes* (2022). Também faz parte de algumas coletâneas, entre elas *As 29 Poetas Hoje* (2021), *Álbum Biográfico: Guerreiras da ancestralidade* (2022), *Uma Antologia de Literatura Indígena: originárias* (2023) e *Wayrakuna: Polinizando a vida e semeando o bem viver* (2023). Foi contemplada pelo primeiro edital da Agência Pública de Jornalistas indígenas, por meio do qual escreveu a matéria "A vida antes e depois das hidrelétricas", publicada em português no Brasil e em francês em Paris. No audiovisual, dirigiu dois míni docs: *Mura em marcha* (2021) e *A vida antes e depois das hidrelétricas* (2023).

AARON SALLES torres

EDITOR

Descendente de bandeirantes e aristocratas europeus, de indígenas e africanos, de árabes e judeus, filho da escritora Elza Fernandes Torres e do advogado Nilton Silva Torres, Aaron Salles Torres nasceu em Três Lagoas, Mato Grosso do Sul, a 31 de março de 1983. Dos ancestrais, herdou o dom de contar histórias e o amor às artes. Aaron sabia desde menino a que veio ao mundo. Aos nove anos, junto dos irmãos, aprendeu a usar a câmera VHS com a qual foram produzidos os primeiros filmes. Antes dos dezesseis, era já autor de alguns livros, de peças de teatro e de três médias-metragens que guarda, até hoje, em uma gaveta, longe de olhos curiosos. Aos dezenove, largou o curso de Ciências Sociais na Universidade Estadual de Londrina e partiu para os EUA, onde viveu por dez anos. Lá, formou-se na *School of the Art Institute of Chicago*, nas Belas Artes do Cinema, em TV e Novas Mídias. Na *Loyola University Chicago*, fez o MBA em Comunicações Integradas de Marketing. Assim Aaron se fez escritor, diretor, roteirista e também compositor. Participou das equipes dos longas *Vermelho Brasil*, *Rio, Eu Te Amo* e *Vai que Cola – o Filme*. Na TV, implementou e dirigiu o humorístico de mesmo nome — o sitcom de maior audiência da história da TV paga do Brasil — e séries diversas. Defensor das causas libertárias, LGBT+ e democráticas, foi vítima de crimes cometidos por agentes do Estado — hoje sob investigação do Ministério Público do Rio de Janeiro. É diretor dos longas-metragens *Quando o Galo Cantar pela Terceira Vez Renegarás tua Mãe* (2017), *Nunca te Prometi um Mar de Rosas* (2026) e *Depressão Tropical* (2027, previsto), todos pela Georgois Filmes. Em 2022, fundou este braço editorial da Georgois. É também autor dos livros *Inferno & Danação* (Georgois Livros, 2022), *Dissecado* (Georgois Livros, 2024) e *Debruçou-se* (2009).

ESTE LIVRO É COMPOSTO NAS FONTES BASKERVILLE DISPLAY PT, FRANKLIN
GOTHIC HEAVY, NIAGARA SOLID E CASTELLAR REGULAR.
FOI IMPRESSO EM PAPEL PÓLEN NATURAL 80 GRAMAS NA
GRÁFICA VIENA, SÃO PAULO, BRASIL, EM
AGOSTO DE 2025.